여자목숨으로 사는남자

여자 목숨으로 사는 남자

초판 1쇄 발행 | 2015년 7월 2일
초판 2쇄 발행 | 2015년 7월 27일

지은이 구광렬
발행인 이대식

책임편집 나은심 **편집** 김화영 차소연
마케팅 김혜진 배성진 박중혁 **관리** 홍필례
디자인 모리스

주소 서울시 종로구 평창길 329(우편번호 110-848)
문의전화 02-394-1037(편집) 02-394-1047(마케팅)
팩스 02-394-1029
홈페이지 www.saeumbook.co.kr
전자우편 saeum98@hanmail.net
블로그 saeumbook.tistory.com
페이스북 facebook.com/saeumbooks

발행처 (주)새움출판사
출판등록 1998년 8월 28일(제10-1633호)

© 구광렬, 2015
ISBN 979-11-86340-30-1 03810

EL HOMBRE CON VIDAS DE MUJERES

여자목숨으로 사는 남자

구광렬 장편소설

새움

1부

2부

3부

4부

이 소설을 2005년 테피토 사건으로
억울하게 수형생활을 하신 멕시코 교민들께 바칩니다.

1부

돈이란 바닷물과 같다.
마시면 마실수록 목이 말라지는.

―

쇼펜하우어

1

딱정벌레차

사람 소리는 아니었다. 동물 소리도 아니었다. 생명붙이 소리라면 조물주가 그 탄생을 거부했을 소리. 원귀의 흐느낌보다 더 축축한 그 소리가 연기처럼 피어나기 시작한 것은 창살 사이로 넘어온 양고기 타코 세 개와 우유 한 팩을 삼킨 지 네 시간 후였다.

"오줌을 못 참겠어요. 오줌."

내 방광은 네 시간을 못 참았다. 감방은 관 두 개의 너비에다 변기도 없었다. 급하면 쌀 수밖에 없지만 마른 내 혀는 당직 중인 사내를 불러냈다.

"못 참겠어요……."

낯설게 다가왔다. 메아리로 듣는 내 목소리. 불안, 초조, 긴

12

장으로 주파수가 변형되었나. 그렇다면 목이 비틀어진 닭의 단말마 같은 소리, 그것 역시 사람이 내는 소리일지도 몰랐다.

그 소리, 놀란 딸꾹질처럼 멈추더니 징 박은 구두굽 소리가 들려왔다. 먹이를 포착한 맹수의 숨 막히는 인터벌로 하나, 둘……

"무슨 일이야?"

코앞에 와 있었다. 스포트라이트 조명 때문에 밖에선 감방 속이 훤하게 보일 것이나, 안에서 보는 밖은 캄캄했다. 감방은 조각배 같았다. 난, 영화 〈트루먼 쇼〉의 마지막 장면처럼 그 배 위에 홀로 앉아 있는 듯했다.

"저기, 소변이……"

다시 수갑이 채워지고, 몇 줄기 빛이 연기처럼 흐르는 저쪽으로 내 그림자가 염소처럼 끌려갔다. 차라리 수갑이 따뜻하게 느껴졌다. 굵지도 가늘지도 않은 내 팔목은 금속의 온기라도 빨아 당기려는 듯 수갑에 짝 달라붙었다. 내가 빛을 받으면 누군가 내 그림자를 받게 된다. 벗기고 벗겨도 좀처럼 빛이 보이지 않는 내 그림자, 온대의 내 피부가 받아내기엔 너무 두터웠다.

멀리서도 그곳이 변소임을 알았다. 대마초 냄새 나는 멕시칸의 변은 똥개도 먹지 않는다고 했다. 화장실 벽엔 군부대 식판 같은 것이 덕지덕지 붙어 있었다. 얼마 만인가, 누군가 내 아랫

도리를 내려준다는 것이……. 시원했다. 바지가 내려지고 방광의 통증이 풍선에 바람 빠지듯 사라졌다.

생각과 달리 그치는 험악하지도 사악해 보이지도 않았다. 바지를 올려줄 때 착한 사마리아인이 연상되는 몽타주에 용기를 얻어 그 음산한 비명에 관해 물어봤다.

"몰라."

말이 짧았다. 흔치 않은 동양인 죄수에겐 호기심에라도 말끝을 늘여줄 법한데, 직업병일 것이다.

이름은 알 필요가 없었다. 오랜 내 버릇은 이미 그에게 별명을 붙여주고 있었다. 염소를 닮았기에 난 속으로 '얌생이'라 부르기로 했다.

얌생이의 그림자가 그 반밖에 안 되는 홀쭉한 내 그림자를 몰고선 저쪽 빛 너울 속으로 사라졌다.

❦

뭘까, 그 소리. 세에액……쌕, 죽은 병아리가 별안간 고갤 쳐들고 어미 닭 찾는 듯한 소리, 튜브에 마지막 바람이 힘없이 빠져나가는 듯한 소리.

"고문하는 소리요."

깜짝이야, 묻지도 않았건만 옆방 치가 답했다.

"시팔, 난 죄가 없어…… 이 새끼들이 돈 뜯으려고 하는 게지."

열 살 먹은 아들놈이 놀다가 서랍 속 권총으로 동네 꼬마를 쐈다고 했다. 평소라면 뒷이야기가 궁금했을 것이다. 아니, 그 바람 빠져나가는 소리만 계속 들려와도 그랬을 것이다.

"더 이상 소리가 들리지 않아요."

"지금쯤 두들겨 맞아 맛이 갔을 거야. 맞은 표시도 없을 걸……. 여자야. 그것도 남편이 경찰인."

평소라면 어떻게 여자를 고문할 수 있냐고, 그것도 동료의 아내를…… 혓바닥이 부글부글 끓는 듯해 못 참았을 것이다. 하지만 오로지 고문 방법만이 궁금했다.

목소리로 그의 모습을 그려봤다. 에밀리아노 사파타나 판초 비야 같은 소위 마초 타입은 아닐 듯했다. 까무잡잡한 호두 껍질색 피부에, 160센티미터 남짓한 백인 3에 인디오 7의 메스티소, 말끝마다, 시팔chinga을 붙이고 억양이 노래하듯 굴절이 심한 걸로 봐선 베라크루스나 툭스판, 기타 해안 촌놈일 것 같았다.

"여긴 어떻게 오게 됐나?"

"전 죄를 짓지 않았어요."

복날 개 꼬리처럼 축 늘어지는 내 말끝을 씹으며 감방에선 죄인을 만날 수가 없다고 했다.

"끔찍스럽지, 여기 고문……."

머리 위에 비닐봉지를 씌우고 배를 주먹으로 친다고 했다. 그 튜브 바람 새는 듯한 소리는 비닐봉지 빈틈으로 새어 나오는 신음이라고 했다. 어떤 죄를 지었길래 저런 고문을 당하느냐고 물으니 죄는 만들어지는 것이며, 벤츠를 굴리며 호화저택에 사는 판검사들이 세례 요한처럼 그 죄를 영세한다고 했다.

"시팔, 그래도 당신네 미국 사람들은 돈이 있잖아."

그는 더듬거리는 내 스페인어만으로 나를 미국인이라 단정했다. 나보다 먼저 감방에 들어왔을 것이다. 내 감방이 그의 감방보다 더 입구 쪽에 있으니, 나보다 늦게 들어왔다면 내 얼굴을 봤을 것이기 때문이다.

"선의로 훔친 차를 샀구면."

선의? 그래, 선의. 그치가 내 결백을 눈치챘나 싶었다. 판검사들도 이렇게 생각해주면 얼마나 좋을까. 어떤 고문에도 굴하지 말자. 그렇지 않으면 내 청춘 감옥에서, 그것도 세계에서 가장 악명 높은 멕시코 나우칼판Naucalpan 감옥에서 썩어버릴 것이다.

'경훈 캉' 멕시칸들이 개 짖듯 컹컹거리는 소리, 내 이름 부르는 소리가 들렸다. 옆방의 그치가 뭔가 중얼거렸지만 귀에 담을 여유가 없었다.

얌생이 놈, 이번엔 수갑을 채우지 않고 힘줄이 툭툭 불거져 나온 내 손목에다 지름 5밀리미터 정도의 강철선을 감았다. 흉악범에게 쓰는 특별 계구戒具였다. 움직일수록, 힘을 줄수록, 조여들었다.

　끌려 나오면서 옆방의 그치를 힐끔 봤다. 메스티소도, 해안 촌놈도 아니었다. 또 다른 얌생이였다. 그것도 거세되지 않은 슈퍼 산양. 감방 창살 그림자를 밟고 지나가는 내 노란 얼굴 앞에, 그 또한 예상이 빗나갔음을 느꼈을 것이다. 그런 그가 갑자기 두 손으로 X자를 만들어 보였다.

❦

　얌생이는 공벌레처럼 오므라든 내 몸을 굴리며 계단을 내려갔다. 가는 곳이 지하일 수도, 아닐 수도 있었다. 웬만한 강의실만 한 크기에 집기라곤 방 가운데 놓인 책상과 타자기, 뻘쭘 서 있는 옷걸이 하나, 스툴의자 둘이 전부였다.

　"앉지, 브루스 리."

　얌생이는 남은 의자 하나를 왼발로 끌어당겨 내 엉덩이 뒤편에다 놓았다. 왼손잡이일지도 몰랐다.

　"너 말고 공범 있지?"

　기가 막히면 말이 안 나오는 법. 하물며 외국어는 어떨까.

　"아니요."

　순간 얌생이의 표정이 찬물에 쇳물 굳듯 했다. 긴 목만큼의 한숨을 내쉬더니 시커멓게 털이 덮인 손목을 젖히곤 시계를 봤다. 하나, 둘, 셋까지 손가락을 접었다. 시간을 재는지, 날짜를 세는지, 다른 속셈이 있는지 알 수가 없었다. 하긴 놈만의 별 의미 없는 버릇일지도 몰랐다.

전자시계였다. 날짜와 요일까지 나오는……. 풀려 있는 내 눈동자에 동그란 시계 문자판이 길쭉하게 클로즈업됐다. 외국에선 다들 애국자가 된다던가. 난 가끔 히간테 백화점에 한국 전자제품이 진열된 것을 보곤, 마치 적지에서 고군분투하다 반갑게 아군과 해후하는 병사처럼 사지도 않을 냉장고의 손잡이를 쓰다듬거나, TV 채널을 돌려보곤 한다. 특별히 다른 곳에 시선을 두기도 거북스러워 깜박거리는 시계 문자판에 시선을 꽂고 있지만, 왠지 놈의 시계가 국산일지도 모른다는 생각이 들었다.

"한국 사람들 부자지, 그치? 아시아에서 제일 잘사는 나라가 어디야? ……일본?"

얌생이는 작전을 바꾼 듯 미소를 띠며 의사가 주사를 놓기 전 우는 아이를 어루꾀듯 심문하려 들었다.

"네, 일본이요."

난, 최대한 짧게 답했다. 묵비권을 행사하겠다는 말은 가당치도 않을 것이니 그렇게라도 할 수밖에 없었다. 아니, 이 동네 법전 한구석에 묵비권이란 용어가 존재하긴 하는 걸까.

"하는 일이 뭐야, 도둑질?"

"아뇨."

"그럼 뭐해?"

"학생입니다."

"학생이라고? 그럼 돈은 누가 보내줘?"

"부모님이요."

"부모가 부자라서 좋겠다. 어쩜 그렇게 많은 돈을 버실 수 있을까? 난, 재수도 없지. 돈 없는 부모를 만나 중학교밖에 못 나왔으니……."

부자 부모? 난, 사실 S물산 멕시코 지사에서 아르바이트를 하고 있었다. 하지만 학생비자로 일하는 게 금지되어 있으니, 아르바이트로 학비를 번다고 할 순 없었다. 결국 나에게 돈이 있든지, 누군가 나에게 돈을 보내줘야만 했다.

"사실대로 말하면 일찍 나갈 수 있을 것이고……. 왜 산 지 얼마 안 되는 차를 팔았지?"

"골프Golf를 사기 위해서요."

폭스바겐의 딱정벌레차, 별로 사고 싶은 차가 아니었다. 골프를 사고 싶었지만 돈이 모자랐다. 딱정벌레차도 시세보다 싸게 나오지 않았다면, 그 또한 못 샀을 것이다. 결국 싸다고 산 것이 화근이었다.

멕시코 고산지대 여행에는 골프가 제격이다. 작지만 힘이 좋은 골프는 가슴이 두툼한 멕시칸을 닮았다. 폐활량을 증가시키는 2,300미터의 높은 해발고도가 그들의 가슴을 거북등처럼 만든다. 코트라에서 일하는 남궁 과장은 나에게 80년식 2세대 골프를 파격적인 가격에 주겠노라 했다. 남궁 과장의 유일한 취미는 여행이다. 주말에 그를 시내에서 보기란 해가 쨍쨍한 날 젖은 빨래를 거실 바닥에서 만나는 것만큼이나 힘들다. 그런 그가 멕시코 일주여행 코스에서 치아파스만 남겨둔 채 갑자기 귀국한다고 했다. 서울 본사일인지 집안일인지 통 말이 없으니 이유를 알 수 없으나, 여행광인 그가 도중에 여행을 포기할 정도라면 한 손으로 엉덩이를 틀어막고 화장실에 갈 정도로 화급한 일임이 틀림없었다. 성격과 달리 차를 야생마처럼 다루는 그가 잔고장 없이 3년을 탔다는 사실만으로도 골프의 내구성은 입증된 셈이었다. 대신 출국 전날까지 사용하는 조건이었다. 돈을 더 받으려 일찍 팔아버리면 렌터카 비용이나 택시비가 더 들기 때문에 교민이나 유학생들 사이에 흔히 애용되는 중고차 거래방식이다.

남궁 과장은 과묵한 성격 탓에 곧잘 루머메이커가 되곤 했다. 결혼한 지 3개월 만에 한 이혼 또한 그랬다. 아무도 이혼 사유를 몰랐다. 상대 여성은 늘씬한 몸매에 예쁜 얼굴, 게다가 지성미까지 갖춘 소위 퀸카였는데 도무지 이해가 안 갔다. 겨우 친한 친구 몇몇에게만 늘어놓았던 그녀에 대한 불평 또한 비현실 내지 초현실적이었다. 그녀가 지나치게 붉은색을 좋아해서

싫다는 둥, 억지 같은 변명이 주를 이뤘다. 하기야 '성격이 안 맞다', '궁합이 안 맞다' 등 궁색하게 들릴 말들은 그 뭉툭한 입술에 의해 원천적으로 봉쇄되었을 것이다.

"넌 훔친 차란 걸 알았어."

"아니요."

멕시코에선 중고차 매매가 손쉽게 이뤄진다. 이전등록이 의무사항이 아니어서 차량 등록증 뒷면에 배서양도만 하면 된다. 하지만 나에게 딱정벌레차를 사간 멕시칸은 이전등록을 하려 했다. 그 과정에서 도난 차량임이 드러난 것이다.

얌생이는 내 얼굴을 치켜 본 뒤 담배 한 대를 꺼내더니 필터 부분을 떼어냈다. 독한 연기 냄새가 십 리를 간다는 말보로 레드였다. 라이터를 찾는 듯, 손으로 바지 주머니를 뒤지다가 털이 숭숭한 빈손만을 꺼냈다.

"학생비자로는 돈을 벌 수 없다는 거 잘 알 테고…… . 넌 부잣집 아들이니 도둑질할 필요도 없을 거고…… . 허허, 그러고 보니 넌 천생 도둑이 될 수 없구면, 아니, 도둑이 될 필요가 없구면, 그렇지?"

그는 담뱃갑으로 책상 모서리를 툭 치더니 서랍에서 뭔가를 꺼냈다.

"이것 한번 써봐."

위조되었다는 자동차 등록증이었다. 놈의 오른손 검지가 가리킨 건 발행인의 서명 부분이었으며, 거기엔 'mye' 세 글자가 애벌레 기어가듯 흘려져 있었다. 형식적인 필적 대조작업이라고는 하지만 놈의 속이 훤히 보였다.

"내 말 안 들려? 똑같이 써보란 말이야."

"서명치고는 너무 간단합니다. 무조건 베낄 수는 없습니다."

놈은 다시금 라이터를 찾았다. 이번엔 옷걸이에 걸린 밤색 양복 상의 안쪽을 뒤졌다. 놈의 푸르죽죽한 입술에는 필터 없는 말보로 한 대가 떨고 있었다. 또 한 번 라이터를 못 찾은 놈의 손가락은 전화 다이얼의 튀어나온 숫자들을 눌렀다.

"내려들 와."

발자국 소리로 서넛은 되나 했는데 둘이었다. 둘 다 메스티소였으며, 그중 키 작은 치는 얌생이와 열심히 수신호를 주고받았다. 자기들만의 암호겠지만, 얼른 보기엔 투수와 포수 간의 투구 사인이나 수화 같기도 했다.

얌생이는 그들이 건네준 서류를 한번 훑더니 히스패닉 셰이크핸드(팔씨름할 때 상대의 손을 잡는 방식으로 하는 악수)를 하곤 밖으로 나가버렸다. 어쨌든 본격적으로 시작된 느낌은 들지 않았다. 교체된 이들 역시 험악한 인상의 소유자들이 아니었으며, 반 평 콘크리트 독방에서 추위와 공포에 떨면서 긴 밤을 보낸 탓인지, 단정한 취조실은 아늑함마저 느끼게 했다.

둘 중 하나는 속눈썹이 여인네처럼 긴 이십대 후반의 꽃미남이었고, 다른 하나는 인자한 얼굴에 말이 없는 스님 타입이었다. 내 버릇은 이미 둘 중 하나에게 땡중이란 별명을 붙여주고 있었다. 아니, 이런 곳에서 만나지 않았다면 달마나 원효라고 붙여줬을지도 몰랐다. 난 은근히 땡중과 더 많은 관계를 가졌으면 했다. 그 동양적 마스크는 심지어 우리말로 답해도 고개를 끄떡일 것 같았다. 그 바람이 이뤄지는 듯, 그가 나를 향해 손짓했다.

2

그래, 넌 죄가 없어!

이건 또 뭔가, 사형집행도 아니고⋯⋯. 땡중은 내 눈에 안대를 씌운 뒤, 두 팔을 X자로 묶곤, 몸을 90도 틀었다. 몇 발짝이었을까. '딸가닥' 소리가 들리고, 난, 우주인이 우주선 밖으로 튕겨 나가는 느낌을 받았다.

총 스무 걸음 남짓. 불과 십여 미터에 불과할 것이건만 안대가 막처럼 벗겨진 뒤의 풍경은 연극의 또 다른 무대 같았다. 휑한 강의실 같던 방은 사라지고 다섯 평 정도, 안방만 한 공간이 나타났다. 집기들로만 본다면 실험실이나 수술실 같았다. 마루타처럼 생체실험하듯 고문하려 들까? 주먹을 움켜쥐고 심호흡을 해봤지만, 흥분된 가슴은 좀처럼 가라앉지 않았다.

"여기가 어딥니까?"

애써 태연한 목소리로 물었지만 답이 없었다. 놈은 오른손으로 더 태연히 부채꼴을 그렸다. 침대에 누워? 누운 자세에서 비닐봉지가 씌워진다? 그 자세에서 복부를 강타당한다?

얼핏 봐도 평범한 침대는 아니었다. 정신병자 응급조치 요령이 적힌 벽 상단에 붙은 빛바랜 종이나, 모서리마다 달려 있는 가죽벨트들만 해도 그랬다. 병원이나 치료감호소로 후송되기 전, 경찰서 안에서의 보호조치를 위한 것들이겠지만, 실제로는 고문기구로 사용되고 있을지도 몰랐다. 진찰을 위해 의사가 누우라고 해도 간이 벌렁대건만…… 정말이지 공포 이상이었다.

침대 중앙엔 지름 20센티미터 정도의 구멍이 나 있었다. 그 아래엔 분명 배설물을 받아내기 위한 플라스틱 통이 매달려 있을 것이다. 그 구멍 좌우로 가죽벨트 한 쌍, 각 모서리엔 밧줄과 벨트가 한 세트로 묶여 있었고, 특이한 것은 천장 위에 침대와 대칭으로 붙어 있는 러브호텔에서나 봄 직한 대형거울이었다.

두 발이 침대 하단에 고정되었다. 이어 뒤로 채워진 와이어형 수갑이 풀리더니, 밧줄과 가죽벨트가 내 양팔을 감았다. 바지는 무릎까지 내려지고―자세상 내릴 수 있는 한도다― 복부와 허벅지 쪽의 벨트가 조여졌다. 채찍과 카메라만 있다면 사디스트 변태 포르노를 찍기 위한 풀세트가 완성되는 셈이었다.

"도대체 뭘 하려는 거요?"

난, 공포감보다는 벌떡거리는 오기와 바닥을 치는 자존심으로 몸을 떨었다. 하지만 놈의 입은 좀처럼 열리지 않았다.

본격적으로 시작되는가. 놈이 서랍에서 뭔가를 꺼냈다. 하얀 줄이 길게 달려 있는 30센티미터 남짓한 스테인리스 봉이었다. 주사기의 일종이라 짐작했지만 주사기라 하기엔 필요 이상으로 그로테스크했다. 뭘까? 전립선 촉진이라도 하겠단 말인가. 전혀 예상치 못한 고문이 될 것 같았다. 잠을 안 재운다든지 물을 마구 먹인다든지, 상처 안 나는 부위를 골라 팬다든지, 이 시대에는 눈 귀에 익은 상식적 고문만으로도 넘쳐나건만, 의료기구 같은 걸로 침대 위에서 당하는 고문은 정말 뜻밖이었다. 비닐봉지는 어디 가고, 아니 비닐봉지만 해도 그렇다. 원시적인 듯 현대적이다. 하지만 이건 현대적인 듯 원시적이다.

"야, 이 새끼야, 이거 안 풀어!"

있는 힘을 다해 소릴 질렀다. 놈은 내 유명한 기차 바퀴 굴러가는 듯한 목소리에도 떨림 없는 눈알을 내 하복부에 꽂았다.

"난, 죄가 없단 말이야 새끼야!"

어떤 의사가 이렇게 여유로울까. '아니라'는 표시로 자기 귀에다 인지를 흔들어대곤 야구공만 한 스펀지를 내 입에다 쑤셔넣었다.

안 들린다? 그렇다면, 귀머거리? 조금 전 얌생이와 나눈 수신호는, 수화?

순간 앞이 캄캄해지면서 남아 있던 한 자락 오기마저 바람

앞에 성냥불처럼 꺼져버렸다. 소리 지를 필요가 없어졌다. 아니, 마음껏 소리 질러도 괜찮았다.

천장이 내려앉았다. 아니, 침대가 올라갔건만 겁을 먹은 난 그렇게 느꼈다. 천장 거울은 체모가 드러난 내 하반신을 비췄다. 침대 밑으로 쑤욱 빠진 박 같은 엉덩이…… 희극인지, 비극인지, 납량특집인지 갈피를 못 잡았다.

순간 놈이 변태일지도 모른다는 생각이 들었다. 치핵도 없는 보드라운 항문에 차가운 스테인리스 봉이 무지막지하게 들어왔다. 입이 벌어지고, 흥건해진 스펀지가 삐쭉 튀어나왔다. 30센티미터를 다 밀어넣을 모양이었다. 복부에까지 심한 통증을 느꼈다. 아무리 큰 소릴 질러도 듣지 못하는 땡중, 이젠 보이지도 않았다. 아니 보이면 뭘 하나. 이야기가 돼야 허위자백이라도 하지. 별명을 달마나 원효로 붙여줬더라면 실망이 이루 말할 수 없을 정도로 컸을 것이었다.

다 들어갔나? 잠시 통증이 멈췄다. 내 눈은 놈의 손을 찾고 있었다. 놈은 손을 좀처럼 보여주질 않았다. 수박만 한 머리통만 비칠 뿐, 얼굴을 위로 들지 않는 한 놈의 표정을 읽을 수가 없었다. 뭔가 거울에 어른거리기 시작했다. 컨트롤 박스 같은 곳에서 흘러나오는 전기선. 순간 등줄기가 오싹해졌다. 핏기 없는 돼지족발 같은 땡중의 손이 레버 위를 스쳐 가자, 이빨들이 요동치기 시작했다. 세포 하나하나가 바늘에 찔리는 듯했다. 입에 물린 스펀지의 용도가 확연해지는 순간이었다. 항문에서 시작된 통증이 타들어오는 다이너마이트 도화선의 불꽃처럼 목구멍까지 치고 올라왔다. 고통은 고통이라는 낱말 너머의 것이었다. 나사를 지나치게 조이면 어느 나선부터는 헛돌기 시작한다. 난 그 마지막 선 위에 있었으며, 이 선을 넘어서는 고통은 더 이상 고통이 아닐 수도 있었다. 하지만 놈은 전문가니 결코 그 선을 넘기지 않을 것이었다.

시계 초침이 한 바퀴나 돌았을까? 27년 세월이 고속으로 되감겼다. 고향집 앞마당, 어머니, K, 학교 친구들, 하숙집 아줌마……. 거울은 하나하나 비추어나가다 박 씨에 이르러 영상을 고정시켰다. 박 씨의 첫인상도 나쁘진 않았다. 그의 처 고산댁이 부업 삼아 하는 하숙집은 하숙 명가로 이름이 나 있었다. 주인아저씨가 정육점을 하고 있어 고기반찬이 다른 하숙집 묵은 김치처럼 밥상에 놓인다는 소문 때문이기도 했지만, 강의실이 몰려 있는 구본관 건물이 위치한 학교 후문에서 가장 가까운 하숙집이기 때문이었다. 주인아줌마까지 예쁘고 친절해 다들 들어오면 웬만해선 나가질 않았다. 민호 형도 졸업 후 구로에 있는 D제약회사에 취직했건만 결혼하기 전까지 하숙집에 머물렀다. 그러던 어느 날, 민호 형이 나간 지 몇 개월 뒤인 4학년 1학기 중간고사 마지막 날, 하숙집 문은 닫혔다. 시장 보러 간 아줌마가 실종됐다. 성격이 활달했던 고산댁은 그녀의 하숙집

만큼이나 인기가 좋았다. 처음 보는 남자와도 농을 즐기는 등, 개방적인 성격 탓에 루머도 무성했다. 장바구니를 들고 신설동에 있는 비밀 카바레를 들락거린다는 소문까지 났지만 그녀는 생각보다 순진했다. 마흔이 다 돼가는 여인의 눈에 십대 문학소녀의 우수가 비쳤다. 사람들은 수군거렸다. 누군가는 봉고차에 납치되어 사창가에 팔려갔을 거라고 했고 누군가는 강간을 당해 어딘가에 매장됐을 거라고 했다. 그중 가장 조심스레 퍼져나갔던 소문은 평소 의처증이 심했던 박 씨의 소행이라는 것이었다. 잘게 토막 난 그녀의 시체가 우족이나 사골 등과 함께 마대자루에 담겨 박 씨의 푸줏간 냉동실 한 켠을 차지하고 있을 거라는 것이었다. 한때 흰 마스크를 쓴 형사들이 열심히 박 씨의 푸줏간을 들락거렸다. 결국 머리카락 한 올도 발견되지 않자, 박 씨는 증거 부족으로 풀려났으며 고산댁은 가브리엘 가르시아 마르케스의 『백 년 동안의 고독』에 나오는 미녀 레메디오스처럼 담요를, 아니 장바구니를 타고 하늘로 사라진 것으로 됐다. 야릇한 미소에 억지 휘파람을 불어대며 시퍼런 칼로 돼지비계를 도려내던, 머리털 외엔 단 한 가닥의 털도 지니고 있지 않을 듯한 민둥 피부의 소유자. 정육점 천장 쇠갈고리에 매달린 창백한 돼지 다리처럼 굵은 정맥이 푸르죽죽한 넓적다리와 무른 팔뚝의 소유자(이런 유형들은 대체로 뼈가 가늘고 가슴이 편평하며, 목의 림프절이 잘 붓는 소위 신경질적인 선병질 체질이다), 그런 박 씨의 눈길은 얕으면서도 멀게 보였다. 두꺼운 눈꺼풀로 인해 눈동자의 삼 분의 일이 채 드러나지 않았으니, 그의 의중을 떠보기란 타짜의 마지막 카드를 읽는 양 힘들었다. 만약 그가 범인이라면, 고기를 썰다가 욱해서 저지른 우발적 범행은 아닐 듯싶었다.

근데 우연치고는 70년대 한국영화를 닮았다. 그 박 씨가 멕시코에 와 있다는 것이다. D무역 멕시코 지사에 근무하는 하숙집 룸메이트였던 대현이에게서 며칠 전 전화가 왔다. "경준아, 세상 참 좁다. 나, 박 씨를 봤어. 지금 티후아나에 있어……." 미국비자를 못 받아 밀입국을 시도하기 위해서라고 했다. 글쎄, 밀입국이 아니라 도주가 아닐까 하는 생각이 들었다.

정신을 차리고 보니 밑에서 역한 냄새가 올라왔다. 아니 그 냄새로 정신을 차렸다. 폐타이어에 고기 굽는 듯한 냄새. 땡중의 손이 다시 거울에 잡히고, 난 듣지 못할 그에게 마지막으로 사정했다. 머리 굵어지고 육체적 고통을 못 참아서 우는 건 처음이었다.

"됐어요, 제발! 이제 그만, 그만해요……!"

내 처절한 울부짖음에 막힌 귀가 뚫렸나? 놈의 비열한 웃음에 몇 점 소통이 묻어나오는 듯했다. 소통? 그래, 우리 사이에 필요한 건 소통이다. 아무튼 천장이 제자리로 돌아왔다.

다시 손목에 강철선 계구가, 눈에는 안대가 씌워졌다. 눈물이 이내 안대의 안쪽 면을 적셨다. 딸가닥거리는 소리 몇 번 들리고 후들거리는 다리로 몇 발자국 끌려갔다. 다시 말보로 레드 냄새가 났다.

"자, 시간을 절약하자구. 차 훔쳤지?"

몇 분 전까지만 해도 허위자백이라도 해버려야지 했건만, 청춘을 감옥에서 썩게 할 거짓말은 정말 못할 것 같았다. 얌생이는 굳게 닫힌 내 입술에 눈알을 꽂더니, 책 한 권을 내 눈 속에다 쑤셔넣을 듯 집어올렸다. 성인만화였다. 놈은 인지로 만화책의 한쪽 글귀에다 밑줄 긋는 시늉을 했다. 벌거벗은 남녀 한 쌍앞에서 칼을 든 콧수염의 마초가 던지는 말, "우라질 새끼, 넌이제 죽었어." 하지만 나에겐 특이한 구석이 있다. 극한 상황에서 오히려 차분해지는 경향, '녀석들도 사람이니 설마……' 하는 그 설마의 배짱.

그 후 세 번이나 더 축축한 눈에 안대가 씌워지고 뻣뻣한 손에 강철선이 감겼지만, 어쨌든 무사히 견뎌냈다.

🜸

몇 시나 됐을까. 얌생이의 팔뚝에 찬 전자시계가 눈에 들어왔지만 덜 마른 눈물방울에 전구 불빛이 산란돼, 숫자들이 퉁퉁 부은 눈 속에서 구불거리기만 했다.

구석의 땡중은 연신 하품을 해댔으며, 얌생이는 검지와 중지로 매부리 콧날을 세우더니 침묵 속으로 빠졌다. 들리던 소리 안 들리면, 안 들리던 소리 들리는 법. 갑작스러운 고요에 시티의 새벽 공기 부딪는 소리가 요란스레 들려왔다.

5분이나 지났을까. 얌생이 놈, 담뱃갑을 왼손 엄지로 톡톡 치더니 단숨에 구겨버렸다. 이어 정적을 깨고 들려오는 말.

"그래, 넌 죄가 없어!"

도무지 믿지 못할 낱말들, 여전히 귓전을 맴돌고 있는 놈의 날림 스페인어를 또박또박 되감아봤다.

'¡Bueno, tú no cometiste ningún crimen!(그래, 넌 죄가 없어!)'

"정말 고맙습니다."

너무나 뜻밖이라 다음 말을 잇지 못했다.

"천만에……."

얌생인 미소를 흘리며 땡중에게 머릿짓을 했다. 땡중의 푸르죽죽한 두 손이 또 한 번 내 팔의 계구를 풀었다.

불과 몇 분 만에 적에서 동지가 되는가. 왼손잡이도 악수를 할 땐 오른손으로 하는가. 얌생인 입술을 떨며 억지웃음을 짓는 나에게 털이 수북한 손을 내밀었다. 지금까지 있었던 일들을 모두 잊어버리라고 했다. 브루스 리의 사인을 받는 영광을 달라며, A4용지 한 장을 코앞에 내밀었다.

"사인이라니요?"

"아니, 농담이야……. 네가 강경준이 맞는지 여권 사인과 대조해보는 극히 형식적인 절차일 뿐이야."

백지 우측 가장자리에다 사인을 하고 나니, 다시 한 번 해보라며 종이 하단을 손가락으로 찍었다. 바싹 긴장이 되었다. 몇 번이고 백지임을 확인했다.

"환상이네, 사인……. 그래, 브루스 리가 맞네."

얌생이 사인을 서류첩 속 내 여권 사본에 쓰인 '姜慶俊'과 대조해보며 웃었다.

"잘 참더군."

아니, 벙어리가 아니었나? 화들짝 놀라는 날 보곤 땡중이 도톰한 손을 내밀며 악수를 청해왔다.

"다시는 보지 말자고."

웃고 있었지만 내 웃음은 울어야 할 때 웃어야 하는 웃음, 영화 〈25시〉의 마지막 장면에서 앤서니 퀸의 웃음 같지 않았을까. 하긴 그 누구도 놈을 벙어리라 말하진 않았다.

"이제 가도 됩니까?"

"음…… 완전한 석방까진 아직 절차가 남았어."

다시 얌생이가 나를 몰고 갔다. 옆방의 그치가 흔들어주는 손 인사에 쓴웃음으로 답했다.

3

나우칼판

"돈에 관해 무슨 말을 안 하대?"

"돈이라뇨?"

"돈 말이야…… 돈."

"아뇨, 그냥 내가 돈 있는 집 자식 정도로 알고 있더라고요."

"어떻게 알아 그걸…… 그렇다고 말했구나?"

"아뇨, 난 아무 말도 안 했어요. 우리 집 역시 잘사는 것도 아니고……"

"끝까지 우겼어야 했는데, 돈 없다고…… 똥구멍은 괜찮아?"

고문받으러 가기 전 미처 알아듣지 못했던 옆방 그치의 중얼거림이, 바로 돈 있는 티를 내지 말라는 것이었다. 피의자에게 조금이라도 돈 냄새가 풍기면 놈들은 굶주린 하이에나 떼로 변한다는 것이다.

　　　　　　　　　　◦

　아침 일찍, 세르히오가 면회를 왔다. 흰 와이셔츠에 검은 모직바지를 입은 그는 한층 더 변호사처럼 보였다. 지난밤 고문 이야기를 꺼냈더니 '나쁜 놈들', '시팔 놈들' 갖은 욕을 섞어가며 반응했다. 끝나가는 마당에 필요 이상으로 일이 복잡하게 될 것 같아, 좋은 경험이었다고 말하곤 그를 진정시켰다. 애써 웃으며 석방수속을 밟아달라 했더니, 담당 검사가 출근하는 즉시 그러겠다고 했다.

　조식은 닭고기 수프에 토르티야 석 장, 바나나 한 자루가 전부였다. 식당 '꼬레아'의 불고기가 생각났다. 곱빼기로 주는 물냉면 또한 일품이다. 그곳의 지배인 사시미 김은 한국에서 주먹깨나 써온 조폭 출신이다. 별명처럼 종목은 회칼. 어떤 상황에도 흔들리지 않을 듯한 독수리 눈빛에 키 170센티미터, 몸무게 60킬로의 날렵하면서도 다부진 체격, 한눈에도 그는 주먹보다는 칼이다. 그런 그에게 지난밤 이야기를 들려주고 싶었다. 그리 밴 클리프의 눈빛이 어떻게 반응할지 궁금했다.

　무혐의나 무죄로 석방된다면 딱정벌레차를 판 돈은 내 것이 될 가능성이 높았다. 멕시코 민법 제102조 1항, 도난물품 및 유실물 습득에 관한 선의의 제삼자 보호 규정 때문이다. 남궁 과장의 흰색 골프가 내 것이 될 수 있다고 생각하니, 지난밤 고문 또한 젊은 날 좋은 경험이었노라고 치부될 것 같았다.

점심시간 전이니, 오전 11시나 됐을 것이다. 석방수속을 밟고 오겠다던 세르히오가 심각한 표정으로 말했다.

"어제 무슨 일 있었니?"

"아니, 별일 없었는데……."

"자백했니?"

"자백이라니, 무슨 뚱딴지같은 소리……."

"서명했던데, 뭐."

"서명이라니? 말도 안 돼!"

그제야 백지에 사인한 사실이 떠올랐다. 필적대조를 위한 것이라더니 얌생이 놈, 결국 그 종이를 이용해 허위 진술서를 만들어냈다.

"진술서가 날조됐어. 어떡하지……?"

눈앞이 캄캄해졌다. 가슴이 두근거려 스페인어 단어들, 특히 법률용어가 떠오르지 않았다.

"그래, 좀 더 지켜본 후 이의를 제기하자."

세르히오는 패닉상태에 빠진 나를 위해 애써 미소를 지었다. 모든 게 잘될 거라 말하곤 긴 복도를 따라 사라졌다.

몇 시간 뒤, 그는 아보카도와 햄이 든 토르타 두 개와 콜라

한 병을 들고선 다시 돌아왔다. 정식으로 변호사 선임계를 제출했다고 했다. 얇고도 좁은 그의 순댓빛 입술 사이로 절도, 사기, 공문서 위조 및 동행사죄, 이민법 위반 등 법률용어가 담배 연기와 함께 풀어져 나왔다. 갈등이 이만저만 아니었다. 대사관에 도움을 청해볼까……. 아니야, 괜히 소문만 무성해질 거야. 일단 세르히오에게 남궁 과장 전화번호를 가르쳐주자. 지금의 내 입장을 남궁 과장에게 설명해야만 한다. 그 과정에서 도움을 받고 안 받고는 모두 내 능력 밖의 일이다.

토르타에서 쓴맛이 났다. 콜라병을 수직으로 들이켰다.

호송차에 실려간 지 한 시간이나 지났을까. 삐죽 솟아오른 전나무와 히말라야시이다 사이로 나우칼판 교도소라고 적힌 팻말이 보였다. 차창 밖 들판엔 코스모스가 흐드러지게 피어 있었다. 자유란 저런 걸까. 어디서든 퍼질러지는 것. 사실 난, 파타고니아를 가기 위해 멕시코로 왔다. 파타고니아란 발이 큰 사람Patagón들의 고장이란 뜻. 스페인 정복자들은 상상을 초월할 정도로 큰 발자국들을 그곳에서 발견하게 된다. 그 후 거인이나 괴물이 사는 동네로 소문이 나서 인적이 끊기는 바람에 지금까지 원시상태를 유지할 수 있게 된 것이다. 모든 것이 헐렁

한 그곳, 언젠간 가고 말 테다. 원숭이도 대충 나무에서 떨어지고 바람은 수만 년을 방향 없이 불어대고, 미친 듯 머리채를 흔드는 들꽃들에는 이름이 없다. 아니, 각자 좋아하는 꽃에다 자기 이름을 갖다 붙이니 너무나 많은 이름들이 설렁댄다. 대평원엔 소 떼들이 게으른 목동들을 몰고 다니다가 석양 속으로, 석양은 대평원 속으로, 대평원은 또 하나 점으로 사라지지만 돌아오마 기약이 없는 곳.

삼중으로 된 교도소 문들 사이에는 폭 20미터 정도의 공간이 있었으며, 잿빛 콘크리트 벽은 5층 높이는 돼 보였다. 온갖 중화기로 무장된 군인과 경찰들. 한마디로 경비가 삼엄했다. 이곳이 악명 높은 이유를 몸으로 느끼기 전에 빠져나가야 할 텐데…… . 어려운 형편에 유학 가겠노라 했더니 길게 한숨을 내쉬던 어머니, 융통해오신 200만 원을 손에 쥐여주며 하시던 말씀, "난 멕시코가 어디에 붙었는지도 모른데이…… 여기는 잊아뿌고 공부만 열심히 해라. 살아 있으마 안 보겠나. 어딜 가던 동 몸조심하고."

"다들 내려!"

군부대 같은 교도소, 산기슭에다 지어서인지 온통 층층 계단이었다. 80여 명의 일행은 입구에서 가장 가까운 콘덴서 막사 앞에 풀어졌다. 마지막 줄에 서 있던 내가 거대한 번데기 같은 그곳으로 들어가기까지 몇 초 걸리지 않았다.

"경훈 캉?"

멕시칸들은 '준'을 '훈'이라고 발음한다. 스페인어의 J는 ㅎ발음이 나기 때문이다. 흰 가운을 입은 콧수염의 사내는 좌측 가슴 상단에 Dr. Martínez라는 플라스틱 명찰을 달고 있었다.

"네."

'준'을 '훈'이라 부르면 '준'이라 고쳐주곤 했지만 그럴 기분이 아니었다.

"괜찮아?"

내 몸을 쓱 훑더니, 상투적인 질문이니 빨리 답하라는 듯 귀찮은 표정을 지었다. 안 괜찮다고 하면 무엇이 달라질까. 세르히오가 말하지 않았나. 난 충분히 튀어 보이니 잠자코 있으라고. 머뭇거리던 난, 놈의 표정을 봐서라도 그냥 넘어가는 게 좋을 듯해서 괜찮다고 답했다. 콧수염은 기다렸다는 듯 "Está bien(알았어)."라고 말하곤 말꼬리를 잘라버렸다. 옷을 벗으라고 했다. 웃옷을 벗고 거대한 사각 지우개처럼 생긴 놈의 얼굴을 쳐다봤더니, 몽땅 벗으라며 볼펜을 휙 내렸다. 두껍게 쌍꺼풀진 눈으로 내 가슴을 훑더니 윤나는 밤색 구두로 양쪽 다리를 툭툭 쳐 어깨너비로 벌렸다. 사각사각 볼펜 소리가 들려왔다. 내 등을 필기 깔판으로 사용하고 있었다. 뭔가 또박또박 적으면서 자신의 신분을 밝히는 게 의무사항인지, 아니면 외계인 같은 날 위한 립 서비스인지, 묻지도 않았건만 자신을 국회인권위원회 소

속 파견의사라고 밝혔다. 고문방지를 위한 신검이라 하지만 허울일 것이다. 내가 고문을 받았다 한들 놈 또한 하이에나 무리 중 한 마리일 뿐. 게다가 내 몸엔 고문당한 흔적이 없다. 아니, 있을 것이지만 보이지 않을 뿐이다. 차가운 몸 위로 카메라 플래시가 터졌다. 허위 진술서는 이 사진들과 함께 훌륭한 증거가 될 것이다.

"몸 좋네!"

놈이 내 엉덩이를 뺨 때리듯 찰싹 쳤다. 주섬주섬 옷을 주워서 대열 속으로 기어들었다.

4

페드로와 페페

한 나라의 형사정책은 국민소득과 관계 있다. 1968년 올림픽을 치를 당시 멕시코의 국민소득은 한국의 열 배였다. 그로부터 20년 뒤, 대통령이 바뀔 때마다 멕시코 경제는 10년씩 후퇴했다. 대통령 이름을 보면 안다. 미겔 델라 마드리드Miguel de la Madrid, 마드리드 출신의 미겔이란 뜻. 부정 축재된 돈은 죄다 스페인으로 들어간다. 교도소를 위한 예산은 꼬리 부분이 될 것이다. 땅값이 비싼 평지에다 건설할 리 만무하다.

해묵은 안개들은 교도소가 고산에 있음을 말했다. 멕시코시티가 해발 2,300미터의 고지이니 3,000미터는 될 것이다. 해발고도 5,452미터의 포포카테페틀을 오른 적이 있다. 3,500미터까진 차로 갔다. 그다음부턴 발짝마다 머리가 쑤셨다. 이곳 또한 만만치 않다. 조금만 걸어도 숨이 차다.

방이 배정되었다. 내가 머물게 될 방은—제발 머물기만 했으면 좋으련만— 십여 평 남짓하니, 꽤 넓어 보였다. 콘크리트로 된 침상은 2층이었으며 난 아래 칸을 배정받았다. 생각보다 죄수들의 인상이 험악하지 않았다. 깊고도 둥근 눈 때문일 것이다. 메스티소의 눈망울은 원주민의 수렁 같은 눈조리개와 백인들의 쇠눈처럼 긴 속눈썹으로 인해 버들잎이 드리워진 샘처럼 보인다.

"어디서 왔어?"

들어서자마자, 불쑥 두 놈이 키스하듯 얼굴에 입술을 들이댔다. 처음부터 날 예의주시하던 놈들이다.

"중국 놈? 아님 일본 사람?"

중남미 사람들은 중국인을 깔본다. 일본인은 성실과 정직의 분신인 양 대접받는바, 알베르토 후지모리가 페루의 대통령이 될 수 있었던 것도 바로 이 재패니즈 신드롬 덕이다.

"한국 사람이라고?"

놈들은 난생처음 한국인을 보는 양 놀랐다. 그중 키 작은 놈은 사인이라도 받을 태세였다. 한국에 대해서 잘 아는 척, 둘이서 70년대 베트남 이야기를 주고받았다.

"감옥 들어온 지 얼마나 됐어?"

혹시나 해서 까무잡잡한 놈에게 물었다.

"8년."

8년? 아니 몇 살이란 말인가. 겨우 스물밖에 안 돼 보이는 데…… 옆의 치가 거들었다. 서른한 살이라고. 그렇게 돼버렸다고. 그렇게 돼버렸다니?

녀석은 마피아 행동대원으로 코카인 운반책이었다. 마약 제조공장을 들락거린 경험이 있는 범털도, 똘마니인 개털도 아닌 어중간한 늑대털은 출옥 후가 더 문제였다. 경찰에 잡히면 죽는 게 아니라, 풀려나오면 죽었다. 바로 마피아식 무차별 보복 때문이다. 조직은 견딜 수 없을 고문이니 죄다 불었을 거라 생각한다. 이 절대적 평등 보복이 주는 경각심은 대단하다. 어차피 잡히면 죽게 되니 잡히지 않기 위해 목숨을 걸라는 것이다. 녀석은 마약법 위반으로 4년형을 선고받았으나 8년이 지난 시점에서도 나가지 않고 있었다. 물론 보복이 두려워서다. 교도소 측도 보호하는 입장에서 놈에게 허드렛일을 시키곤 감방에 묵게 한다. 그가 작은 내 눈을 작지 않은 눈으로 쳐다봤다. 자그마한 키에 피부색도 쪼대흙(찰흙)처럼 붉어서 얼핏 순수 인디오로 보였지만, 긴 속눈썹의 아몬드형 눈망울만은 이베리아 반도에서 왔노라고 했다.

"몽고반점이 있었니?"

"그게 뭐야?"

"음…… 어릴 때 엉덩이에 나타나는 푸른 점 말이야."

그가 한참 갸우뚱거리더니 아, 하곤 동생 하나는 그 점을 갖고 있더라고 했다. 목테수마 교수가 떠올랐다. 어느 날 수업 도중 날 보곤 다짜고짜 "아메리카 대륙은 우리 친척들 땅이다."라고 말했다. 이 땅은 백인들의 땅이 아니라, 인디오 원주민들의 땅이라는 것. 인디오와 한국인은 같은 몽고족으로서 친척이니 결국 아메리카 대륙은 우리 친척들 땅이라는 것. 그 '우리'라는 낱말이 가슴에 와 닿았다. 강의실에는 나 외에 서른 명 더 되는 학생들이 있었건만 나와 한통속임을 선언하듯 밝혔다. 그에 의하면 지금 막 자신을 페드로라고 소개하고 있는 저 친구 또한 내 친척이다.

❦

난생처음 하는 감옥살이. 그것도 세계 최고로 악명 높은 멕시코 나우칼판 감옥에서 첫날 밤, 잠이 올 리가 없었다. 감방신고식이란 게 있다는데, 악명 높은 곳이니 그만큼 더 심할 것 같은데……. 눈만 감으면 곯아떨어지건만 눈꺼풀을 내리기가 힘들었다. 딱딱한 시멘트가 아니라 푹신한 침대라 해도 마찬가지 아니었을까. 지난밤 고문으로 온몸이 저리고 시렸다. 공기가 찼다. 코끝에 고드름을 매단 듯했다. 덮을 거라곤 달랑, 양 궁둥이 냄새 풍기는 모포 한 장뿐이었다. 그마저 몸통을 두루 감기엔 턱없이 짧은 길이, 좁은 폭. 차가운 시멘트를 덮든지 차가워질 몸통을 덮든지, 하나를 선택해야만 했다. 고문 후유증으로 아직도 쑤셔오는 가여운 엉덩이를 위해 차고 딱딱한 시멘트를 덮었다. 팔다리가 서늘해지더니 배가 차가웠다. 몸통을 덮었다. 밑이 서늘해지더니 뼈가 저렸다. 다른 치들은 어떻게 할까. 둘러보니 열에 여덟은 몸통을 덮고 있었다. 그중 몇은 얼굴까지 덮었다. 다 이유가 있었다. 얼마 안 가, 내 체온으로 시멘트 바닥이 따스해져 왔다.

감방신고식이 있다 했건만 다들 무덤처럼 조용했다. 노래 한 곡 뽑는 것만으론 안 될 것 같은데, 궁금한 만큼 불안했다. 그냥 자버릴까? 잠들면 어떤 놈이 칼이나 송곳으로 찌르려 들지도 모른다. 푸줏간 박 씨처럼 음산한 웃음을 비상구 등불 아래 흘리며, 굴복한 나에게 마조히스트 체위를 요구해올지도 모른다. 아니, 정숙한 분위기로 봐선 첫날은 그냥 넘어가지 않을까? 아니다. 그건 너무 안이한 생각. 여기가 어딘가. 할리우드 영화에도 나오는 악명 높은 교도소의 대명사가 아닌가. 엎치락뒤치락, 잠이 안 와 100, 99, 98…… 숫자를 거꾸로 세봤다. 들떠서 잠 못 이루던 어린 학생들을 위해 수학여행 전날, 초등학교 담임 선생님이 가르쳐준 수면법이다.

어디까지 셌더라. 눈꺼풀에 힘이 빠지기 시작했다. 수면법은 그 선생님의 나이가 된 지금에서야 효능을 보이는 듯, 삭막한 감방 풍경이 구름에 달 가려지듯 졌다.

⬥

문득 잠에서 깨야만 했다. 엉덩이에 이상이 감지되었기 때문이다. 평소 잠들면 업고 들쳐가도 모를 정도로 숙면을 취하건만 상황이 상황인 만큼 엉덩이만은 특별했다.

손이었다. 사람의 손. '사람'을 붙이는 이유는 손을 닮은 기구나 기타 이물질을 생각했기 때문이다. 살며시 눈을 떠보니 감방 입구에 매달린 빨간 비상등만 보였다. 전방엔 특별한 것이 없었다. 그렇다면 후방은?

손은 마사지를 하듯 내 엉덩이를 문질렀다. 이어 허벅지로 타고 내려가더니 넓적다리를 훑은 후 다시 올라와 팬티 속까지 들어오려 했다. 신고식일까? 마침내 손은 내 그것을 불끈 쥐었다. 더 이상 참을 수 없었다. 오른손으로 손을 꽉 잡았다. 손의 주인은 소릴 내지 않았다.

페페였다. 페드로 옆에서 내 눈을 뚫어져라 처다보던 계집애보다 더 계집애 같은 녀석.

"이 새끼, 뭐하는 거야?"

녀석은 가느다란 목소리로 아무에게도, 특히 세사르에게 말하지 말라 하곤 백묵 같은 손가락을 빼내선 비상등 아래로 기

어갔다. 세사르? 그놈은 또 누군가. 99, 98, 97…… 밤을 꼬박
새웠다.

❦

아침에 누군가 살금살금 모포를 뒤집어쓰고 왔다. 그 또한
페페였다. 지난밤 일을 사과하러 왔나 했는데, 놈의 표정으로는
그게 아니었다.

"거짓말쟁이."

거짓말쟁이라니, 녀석과 나눈 대화라곤 달랑 몇 마디뿐인데.

"정말 기억이 안 나, 내가 무슨 거짓말을 했는지, 아니 무슨
말을 했는지……."

계집애처럼 뾰로통해져 있는 녀석을 보고 있노라니 오랜만
에 웃음이 나왔다.

"그건 그렇고, 세사르가 누구야?"

내가 먼저 긴장을 풀어보기로 했다. 하지만 녀석은 좀처럼
표정을 바꾸지 않았다. 무시하고 모포를 갰다. 아니 갤 것이 있
어야지, 그냥 두세 번 접어서 구석에 홱 던졌다. 그런 내 모습을
지켜보던 녀석이 씨익 웃더니 모포 속 손가락으로 구석을 가리
켰다. 얼른 보기에도 100킬로그램은 족히 돼 보이는 마초였다.
어찌 그 덩치가 지금까지 눈에 들어오지 않았을까. 순간 놈이
대빵이란 걸 직감했다.

페페가 손을 내밀었다. 하얀 손가락이 가늘고도 창백해 보였다. 악수 중간에 인지로 손바닥을 긁었다. 간지러웠다. 웃음이 나왔다.

"이제부터 난, 널 믿지 않을래."

그랬다. 게이는 악수할 때 상대방에게 게이라는 사실을 알리기 위해 집게손가락으로 손바닥을 간질였다. 화답은 미소로 하든 손바닥을 함께 간질이든, 아예 관심이 없으면 냉담한 표정을 짓거나 손사래를 쳐야 한다. 난, 전날 밤 녀석이 같은 방법으로 악수를 청해왔을 때 미소를 지었다. 녀석의 입장에서 본다면 환희의 화답을 했던 셈이다.

세사르는 감방에 애인 몇을 두고 있었다. 그중 하나가 페페이며 누구든 놈의 애인을 건드리는 날에는 단단히 각오해야 한다.

5
찰리

다들 몰려 나갔다. 페페와 페드로도 뛰고 있었다. 나 또한 영문도 모른 채 꼬리를 놓치지 않으려고 뛰었다. 도착한 곳은 붉은 벽돌집. 정경은 도서관이었건만, 이른 아침부터 도서관엘 가려고 숨을 헐떡이진 않았을 것이다.

발을 들여놓는 순간, 진동하는 살 냄새. 무조건 벗고 따라 들어갔다. 열 개 남짓한 샤워꼭지마다 몸통들이 정육점 고기처럼 매달려 있었다. 사이사이 박혀 있는 타조알 같은 것에다 손을 문질렀다. 어떤 것들은 닳아 볼링 핀, 혹은 아령 모양을 하고 있었다. 비누에는 제법 거품이 많이 일었다. 먼저 온 치들의 몸에는 이미 거품이 주렁주렁 달려 있었건만 난 비누는커녕, 샤워기 가장자리에서만 맴돌았다. 안으로 파고들려 했지만 힘들었다. 그중 몇이 빠져나가고 겨우 틈이 생긴다 싶더니, 순식간에 물살처럼 다른 몸통들이 밀려들었다. 그나마 큰 키 덕에 머리를 숙이고 있으니 간간이 새어 나오는 물줄기에 얼굴만은 씻을 수가 있었다. 텁텁하던 입안이 한결 가벼워졌다. 모처럼 샤워기 중앙에 섰다 싶었는데 사이렌이 울렸다. 물이 끊어지고 손바닥으로 대충 비누거품을 훑어내곤 옷을 걸쳤다. 수직계단을 달렸다. 꼭대기까지 헉헉대며 올라와보니, 가파른 계단을 캥거루처럼 뛰었던 이유가 보였다. 담장 밖으로 하늘의 구름이 눈높이에 와 있었으며, 멀리 산등성이에 소와 양들이 마음껏 풀어져 있었다. 식당 줄은 어느새 담벼락까지 이어졌다. 늦게 도착한 치들은 그만큼 담장 밖을 볼 수 있는 시간을 적게 가졌다. 먼저 온 페드로가 페페와 손짓했다.

"세사르가 대빵이야?"

인사말 대신 나온 것이었다. 그것도 숨을 헐떡이며 한 말이었다.

"쉿! 들을라. 위에 둘이 더 있어."

둘? 하며 놀라 손가락 두 개를 올려 보였더니, 페페 녀석, 얼른 접어버렸다. 녀석의 반응이 과장돼 보이긴 하지만, 점잖은 페드로가 가만히 있는 걸 보면 그 '둘' 또한 보통이 넘을 것 같았다.

감옥에도 크리스마스는 있는가. 식판을 들고 줄을 서 있는 동안 확성기에서 흘러나오는 캐럴송. 제법 크리스마스 분위기가 맴돌았다. 트리며 노체부에나 꽃장식이며, 그중 층층나무에 매달린 종이 별들의 반짝임이 유난스러워 보였다.

메뉴도가 나왔다. 주말에 먹는 음식인데 평일에 나온 걸 보면 크리스마스 특별식으로 나왔나 보다. 판시타라고도 불리는 메뉴도는 소의 양을 푹 고아 적당한 크기로 썬 뒤, 다시 물을 붓고 고추 등 야채를 넣은 뒤 오래 끓이는 우리네 곰국 같은 것이다. 구린내가 조금 나지만 잘게 썬 양파와 실란트로 등 향신료를 넣어 먹으면 별로 못 느낀다. 거기에다 토르티야 몇 장 베어 먹으면 그 맛 기가 막히다. 빛깔 또한 벌건 것이 우리 육개장과 비슷해 해장국으로도 좋다. 몇 숟갈째 뜨고 있는데 옆의 놈이 손에 쥐고 있던 뭔가를 내 국그릇에다 풀어버렸다. 깜짝 놀라서 살펴보니 국물 위에 벌레들이 둥둥 떠다녔다. 놈의 멱살을 잡고 흔들어대자, 주위가 술렁였다.

"후밀이야."

페드로가 흥분한 날 진정시키려는 듯 낮게 말했다.

어린 시절 캄캄한 다락방에서 깨물어 먹던 벌레가 있었다. 몸에 좋다던, 먹으면 힘이 장사가 된다던 월남 쌀벌레. 학교 앞 문방구에서 그 벌레들을 팔았는데 파월장병들은 곧잘 귀국선물로도 가져오곤 했다. 노린재처럼 생긴 후밀 역시 식용으로 쓰인다. 보통 생으로는 잘 안 먹고 고추 등 양념과 함께 갈아 먹는다.

배가 고팠지만 더 못 먹을 것 같았다. 후밀 때문만은 아니었다. 식당 저편에서 한 놈이 걸어오고 있었다. 놈의 방향이 나를 향한 게 분명했다. 막, 놈의 허리가 내 식판에 붙었다.

"가자, 새끼야!"

놈이 어깨를 쳤다. 따라오라며 엄지손가락을 세우곤 젖혔다. 거구였다. 182센티미터인 나보다도 한 뼘 더 커 보였다. 얼굴엔 털이 없었다. 면도날 자국이 보이질 않으니 원판이 그럴 것이다. 놈의 눈을 뚫어져라 쳐다보자, 페드로가 따라가보라며 놈이 오던 방향으로 턱 끝을 세웠다.

대여섯이 널찍한 테이블에서 다른 메뉴를 먹고 있었다. 얼핏 닭다리도 보였다. 순간 교도관들인가 생각했지만, 죄수복을 입고 있었다. 놈들 중에 페페가 말하던 그 대빵이 있을까?

"반갑다. 나, 헤수스. 모든 이들의 대빵이지."

그중 가장 대빵 같지 않은 놈이 대빵이라고 했다.

"반갑습니다. 강경준입니다."

역시 놈들은 웃었다. 늘 그렇듯 다시 한 번 이름을 말해보라 했다. 난, 놈들의 눈동자를 살핀 뒤 한 자, 한 자, 기를 모아 터뜨렸다.

"경Kyung! 준Joon! 강Kang!"

"아이 깜짝이야. 야! 이 되놈 새끼야! 네 형님들이 귀머거린

줄 알아?"

가장 삐삐한 놈의 주먹이 날아왔다. 동시에 놈의 주먹이 내 손에 쥐어졌다. 놈의 팔을 꺾어버리면 어떻게 될까. 아니야, 난 다르지. 곧 나가게 될 몸. 순간, 놈이 허리춤에서 뭔가를 꺼냈다. 숟가락처럼 생긴 칼, 아니 숟가락을 갈아서 만든 칼이었다.

테이블을 밀어 공간을 만들었다. 발길질과 칼질이 몇 번 오가고 본격적으로 격투가 시작되려는데 "조용히 해!" 하는 소리가 저쪽에서 들려왔다. 그 한마디에 놈은 칼을 거두었다. 누굴까? 세사르? 근데 쩡쩡한 말을 뱉기에는 너무 많은 걸 입속에 넣고 있었다. 거리상으로는 옆의 작달막한 녀석밖에 없는데……. 놈이 대빵? 설령 대빵이 아니라 해도 대빵이라 부르고 싶었다. 160센티미터 남짓한 키, 하지만 몸통 전체가 하나의 대포알처럼 보였다. 자신을 찰리라고 소개했다. 스페인 이름으로는 카를로스인 셈이다.

"스페인어 잘하네, 어디서 배웠어?"

다른 치들은 마치 한국의 국어가 스페인어인 양, 제법 유창한 내 스페인어에도 눈 하나 깜짝 않는데, 그가 최초로 내 스페인어에 관해 궁금해했다.

"음…… 학교에서."

"저기 아님 여기?"

"여기."

동양인에게 호감을 느낀다고 했다.

"가라테 하니?"

"아니, 합기도 해."

그게 뭐냐고 물었다. 그것도 총보다 빠르냐며, 웃었다.

"영화를 어디서 찍느냐에 달렸겠지."

합기도를 몰라서 물은 건 아니었을 것이다. 내가 그 너스레에 진지한 답을 붙였더라면 더 크게 웃었을 것이다. 자랑하듯 묻지도 않았건만 태권도 5단이라고 했다. 무하마드 알리의 스승이며 이소룡의 친구였던, 준 리(이준구)의 도장에서 배웠다고 했다.

"몇 살이야?"

나 또한 낮춤말을 쓰니까, 내 나이가 궁금했나 보다.

"스물일곱. 그러는 넌, 몇 살이야?"

내 또래이거나 손아래일 거라 생각했는데, 마흔이라고 했다.

"여긴 어떻게 들어왔어?"

"도난 차량을 샀어."

그가 순간 상의 소매를 걷어올리며 골치 아프다는 듯 얼굴을 찡그렸다. 왼쪽 팔뚝에 난 상처가 인상적이었다. 얼핏 봐선 문신 같았지만, 깊이 파인 걸로 봐선 상처일 것 같았다.

"쉽지 않은 일이야……. 아무튼 밥은 다 먹은 거냐?"

"아니……."

"우선 밥부터 먹어…… 그리고 이따가 보자."

이따가 보자? 난, 답하지 않고 돌아섰다.

✿

"찰리, 뭐 하는 사람이야?"

페드로가 엄지를 치켜세우며 답했다. 멕시코 최대 마약조직
인 마초의 옛 두목이며, 현 두목인 에마누엘 카르데나스의 친
형이라고 했다.

페드로는 타고난 파이터다. 석방되면 마피아 똘마니 짓을 그
만두고 사라테나 자모라, 산체스처럼 세계챔피언이 되겠다며
틈틈이 쌓아온 복싱 실력이 수준급이다. 하지만 먼저 출소한
동료 호세가 조직에 살해당한 뒤 복서의 꿈을 접어야 했다.

6

신고식

"찰리에게 가보자."

찰리를 사귀어놓으면 도움이 된다며 페드로가 내 팔을 당겼다. 도움이라니, 무슨 도움…… 난, 곧 이곳을 빠져나갈 텐데.

"갈 거라 했는데……."

시멘트 침상에 누워서 혼자 내버려달라고 말하는 날 보더니, 페드로는 실망의 눈빛을 숨기지 않았다. 그렇게 친해져 있었다. 오랜 친구나 친척처럼 서로를 대했다.

"멀어?"

"멀어봐야 얼마나 멀겠어, 감옥 안인데……."

감옥 안임을 깜빡 잊고 있었다. 아니, 당연한 것 아닌가. 내가 감옥에, 그것도 죄도 없이.

"같이 가자, 페페."

페드로에게 페페를 데려가자고 했더니 안 된다고 했다. 이유를 물었건만 빠른 걸음으로 앞만 보고 갔다. 멀었다. 아니 멀었다기보다는 어려웠다. 요리조리 같은 모양의 건물 몇 개를 지나 잔디밭 너머 운동장 샛길로 빠져나와, 또 다른 건물을 지나, 작은 숲 옆 조그마한 콘덴서 막사 앞에서 멈췄다. 컨테이너 두 개를 붙여놓은 크기였다. 막사 너비에 따라 길게 빨랫줄이 쳐져 있었고 그 너비만큼 떨어진 곳에 녹슨 농구 골대 하나가 서 있었다. 뒷면에는 붉은 페인트로 'México vale berga(X 같은 멕시코)'라고 쓰여 있었지만 글씨가 비뚤하게 사선으로, 그것도 반이 넘게 지워져 있어 얼굴을 돌려 읽게 만들었다. 근데 verga를 berga로 썼다. 무식 치가 썼나? 아님, 철자 하나를 비틀었나? 어쨌든 누가 감히 감옥에다 저렇게?

찰리가 마중 나와 있었다. 길 쪽으로 난 창으로 우릴 봤을 것이다.

"자, 들어오쇼. 환영이오."

그의 호쾌한 웃음에 콘덴서 막사가 사택처럼 다가왔다. 빈손으로 와도 되는 건가, 잠시 착각할 정도였다.

"다들 앉아."

씹던 껌을 창밖으로 뱉곤, 커피를 마실 건가 하고 물었다.

"새로운 소식은?"

커피 물을 올리는 두툼한 손은 뭔가를 일러줬다. 폈을 때와 쥐었을 때, 주먹을 위한 손과 펜을 위한 손, 모두 잘 어울릴 것 같았다.

"아니, 별로……."

페드로는 찰리에게 안팎의 소식을 전하는 전령 비둘기 같은 존재였다. 거기엔 그럴 만한 이유가 있었다. 7년 전, 세간을 떠들썩하게 만들었던 5인조 은행 강도 구스타보 온타뇬 일행이 입감됐을 때, 놈들은 신참이 고참에게 신고를 받는, 말하자면 감방신고식을 거꾸로 하려 들었다. 페드로와 세사르는 참지 못하고 폭발했으나 일당의 상대가 되지 못했다. 둘이서 거의 빈사 상태에 이르렀을 때 혜성같이 나타난 이가 바로 찰리였다. 그의 현란한 발놀림에 팔이 부러지고 이빨이 나가는 등, 다섯 놈 모두 일시에 넉다운되었다. 그 후 구스타보 일행은 소치밀코 감옥으로 이송되었고 찰리, 페드로, 세사르는 3개월간 독방생활을 해야만 했다. 나우칼판 3인방은 그렇게 탄생되었다. 근데 페드로가 세사르 위에 둘이 더 있다고 했으니, 찰리 외에 한 명이 더 있어야만 했다.

커피 향이 좋았다. 담배 역시 있지 않을까 싶었다. 이심전심인가. 식탁 대용으로 쓰는 서랍장에서 찰리가 담배 한 갑을 꺼냈다. 군 담배 화랑을 닮은 노란 필터의 카멜이었다.

"받아."

찰리는 머뭇거리는 나에게 불까지 붙여줬다.

"어디 출신이야?"

"서울……."

"남한?"

"응."

오랜만에 폐 속 깊이 담배 연기를 넣었다. 커피까지 단숨에 마시고 나니 어지러웠다. 탁자 위, 담뱃갑 속 낙타가 걸어 나올 듯했다.

"북한은 공산주의지?"

"응."

콜록거리는 기침과 함께 나온 외마디였다.

"난 치카노야."

19세기 중엽까지만 해도 캘리포니아, 아리조나, 뉴멕시코, 네바다, 콜로라도 일부와 텍사스 등, 미국 서남부 절반 이상이 멕시코 땅이었다. 전쟁에 져서 빼앗기기도 했지만, 열한 차례나 대통령을 지낸 산타 아나라는 자가 팔아먹기도 했다. 치카노란 바로 이 지역 태생의 멕시코인을 가리키는 말이다.

"이제 가야 할 것 같은데……."

찰리가 늘어놓는 이야기가 흥미로웠지만 감방 걱정으로 마음이 편치가 않았다.

"걱정 마. 우리 페드로, 끗발 있어."

그 말에 잡지를 뒤적이던 페드로가 웃으며 엄지손가락을 올려 보였다. 사실 페드로는 거의 교도소 직원이다. 전구를 갈아 끼우고 수도꼭지를 고치고 부식차를 수령, 점검하는 등 관리직을 훌륭히 해낸다. 게다가 담 하나를 사이에 두고 있는 여성감방까지 관리하니, 그와 친한 녀석들은 경우에 따라선 감방생활을 아주 재밌게 할 수 있을 것 같았다.

"하나 골라봐."

『플레이보이』지였다. 찰리는 손가락에 침까지 묻혀가며 페이지를 넘겼다.

"고마워, 하지만 필요 없어……."

"필요 없다니 뭐가. 여자? 사진? 하지만 이것 봐, 죽이잖아?"

찰리는 껄껄 웃으며 한 손으로 내 머리를 흔들었다. 그중 다리를 쩍 벌린 채 체모를 훤히 드러내고 있는 금발녀의 사진을 펴 보이며, 자기 애인이라고 했다. 그녀 없인 하루도 잠을 못 이룬다고 했다.

"너에겐 얘를 추천하지."

잡지의 뒷장을 찢더니, 나에게 건넸다.

"자, 받아."

동양 여자였다. 페이지를 가리키는 숫자 바로 위에 쓰여 있는 Silvia Lee. 순간 한국인 2세일지도 모른다는 생각이 들었다. 전라의 그녀는 한 손으로 중요 부분을 가리고 있었으며, 또 다른 손으로는 긴 머리카락을 쓰다듬고 있었다.

"받아둬."

왠지 싫지가 않았다. 카리스마는 덩치에서 나오는 것이 아니라 눈에서 나온다. 식당에서 얼핏 마주친 세사르의 눈빛은 찰리 앞에서 한없이 흔들리고 있었다.

내가 일어나려 하자, 끝나지 않았다며 침대 밑에서 뭔가를 꺼냈다. 도스 에키스 XX. 캔맥주였다. 더구나 오징어처럼 찢어먹는 오악사카 치즈까지. 아, 감옥에서 이런 것까지 먹을 수 있다니⋯⋯.

감방에 돌아와보니, 쳐다보는 표정들이 곱지가 않았다. 그중 내게 칼을 휘두르다 한 방 먹은 엔리케란 놈이 특히 그랬다. 페드로는 찰리를 만나고 왔다는 표시로 담배 한 갑을 세사르에게 던져주었다.

상의를 벗는데 윗주머니에서 '실비아 리'가 알몸으로 떨어졌다. 얼른 바지 주머니에 넣고 침상 안으로 들었다.

주위가 소란스러웠다. 저쪽에서 페페가 얻어맞고 있었다. 세사르였다. 얼굴, 가슴, 팔, 안 가리고 마구 때렸다. 고음으로 흐느끼는 페페. 페드로는 시설점검을 위해 아랫동엘 다녀오겠노라 했으니, 딱히 말릴 사람도 없었다. 매질이 끝나고 잠시 침묵이 흐르는 사이, 페페 있는 쪽으로 갔다. 녀석, 눈물을 흘리며 내 손을 꼭 잡았다. 그래, 이게 일상이라면 녀석은 지옥에서 살고 있다. 아니, 사디스트와 마조히스트 사이라면 두 녀석 모두 천국에서 살고 있다.

❦

"시팔 놈, 이리 와봐라."

내가 찰리에게 담배와 커피, 맥주까지 얻어먹고 왔다는 사실이 세사르의 심통을 자극했을 것이다. 난, 입술을 둥글게 말아 앞니를 감쌌다. 일합이나 대련 전에 냉정을 잃지 않기 위해서다.

"어딜 쏘다녀, 새끼야."

머리를 주먹으로 쳤다. 어지러웠다. 팔목을 비틀어 놈을 도리깨질할 수 있었지만, 참았다.

"미안해, 사실……"

그때, 등 위로 발등 하나가 꽂혔다. 순간 숨을 쉴 수가 없었다. 엔리케였다. 놈도 웃통을 벗고 있었다.

"몸 좋네, 자식……!"

뒤에서 또 다른 놈이 수작을 걸어왔다. 헤수스였다. 컴컴해서 잘 보이지 않았지만 손에 뭔가를 들고 있는 게 분명했다. 놈은 그 뭔가로 내 옆구리를 찌르더니 허리를 굽히려 들었다. 순간 돌려차기를 해버릴까 하다가 참았다. 근데 이 촉감은? 뒤돌아보니 놈이 물건을 꺼내서 내 엉덩이에 박는 시늉을 하고 있었다. 이곳저곳에서 웃음소리가 터져 나왔다. 난 놈의 샅을 쥐었다. 한주먹이었다. 놈은 죽는다고 비명을 질렀다. 그때였다. 앞뒤에서 날아드는 발길질. 최소한 네댓 명은 됐을 것이다. 상체를 낮춘 뒤 발목 후려치기로 원을 그리며 쳐나갔다. 녀석들이 낫에 볏단 베어지듯 나가떨어졌다. 상체를 일으켜 바지를 올리려는 순간, 머리 위로 모포 몇 장이 날아들었다. 다시 엄청난 발들이 날아들고 모포에 감긴 채 난, 쓰러지고 말았다. 죽은 척하고 있노라니 한 놈이 다가와 모포를 열었다. 주먹으로 놈의 얼굴을 때리고 벌떡 일어나 다시 발길질을 해대니 '욱' 하는 신음이 마치 기름 떨어져가는 경운기 소리 같았다. 덩치 하나가 뒤에서 목을 졸랐다. 세사르였다. 내 허리만큼 굵은 허벅지로 내 몸통을 감았다. 코브라 트위스트였다. 놈의 팔뚝을 물었다. 놈이 팔을 올릴 때 턱을 가격했다. 계속되는 내 발길질에도 놈은 필사적으로 덤볐다. 그런 가운데 허리를 잡혀 침상 모서리에 박혔다. 말이 침상이지 콘크리트 덩어리였다.

"이제 죽여야지."

놈은 비장했다. 그래, 오늘 없으면 내일도 없다. 끝장을 내려는 놈의 허리를 앞발로 끊어 차니, 공벌레처럼 말렸다.

갑자기 사위가 조용해졌다. 세사르의 신음도 멎었다. 모두의 시선이 입구로 향해 있었다. 간수였다. 순간적으로 당황한 난,

어쩔 줄 몰라 했건만 엔리케 놈은 안 내던 신음까지 냈다.

"잘하던데…… 무슨 종류가, 가라테야?"

엔리케는 내가 그 가라테로 사정없이 차버렸다며 배를 움켜쥐었다. 간수는 놈의 배를 눌러보곤 나더러 나오라며 손짓했다.

당직실이었다. 육중해 보이는 문은 통철판에 창문도 없었다. 안으로 들어서니 딴판이었다. 모니터만 해도 스무 개가 더 돼 보였다. 감방 중계를 맡고 있는 CCTV였다. 어디서부터 시청되었을까. 만약 간수 놈이 첫 장면부터 지켜봤다면, 구차한 변명이 필요 없을 것이었다. 아니, 처음부터 날 불러낼 게 아니라, 딴 놈들을 불러냈어야만 했다.

"너만의 방을 갖길 원해?"

무슨 말인가? 너만의 방이라니…….

"여기선 별 다섯 개, 특급호텔이라 부르지."

가서 보라며 손가락을 권총 모양으로 해서 귀퉁이 쪽 모니터를 가리켰다. 독방이었다. 얼마나 작으면 사면이 다 잡힐까. 반이상을 차지하는 시멘트 침상 위엔 사람이 누워 있었다. 붙박이 탁자, 그 위에 쪼그라져 있는 치약 하나, 양푼 모양의 뚜껑 없는 변기와 바닥에 접혀 있는 수건 한 장. 그 외, 집기는 안 보였다. 아니 더 들어갈 틈도 없었지만, 그의 몸과 T자로 만나는 게 있었다. 천장 모서리에 너비 한 뼘 정도로 뻗쳐 있는…… 환기통일까? 어쨌든 화면이 못 잡고 있는 건 악마의 눈처럼 붙어 있을 카메라 렌즈뿐이었다.

나일론 점퍼에 매달린 명찰로 간수를 또 다른 양생이라 부를 필요가 없었다. 에우헤니오는 감방 앞에서 진압봉을 흔들며 "한 번만 더 소란을 피우면 모두 독방이다"라고 소리쳤다. 근데 녀석, 왜 하필 나에게만 독방을 보여준 걸까? 하긴, 다른 녀석들은 이미 체험했을지도 모른다.

어질어질했다. 온몸이 아리고 쑤셨다. 입술이 터져 혀끝에 철분이 돌았다. 자리에 누우려는데 누가 손을 흔들었다. 바지를 올리며 다가와선 괜찮냐고 물었다. 페드로였다. 페페와 너무 가깝게 지내지 말라고 했다. 내가 페페와 친하게 지내는 걸 세사르가 탐탁지 않게 생각한다는 것이었다. 그렇다면 이 모든 소동이 신고식과 무관한 것 아닌가. 자리에 들려는데 헤수스 놈이 엄지를 세워 거꾸로 박았다. 못 본 척하며 얼굴을 모포로 가렸다.

나우칼판의 밤은 찼다. 내장까지 서늘해왔다. 멕시코 감옥에서의 두 번째 밤이 흐르지 않았다. 웅덩이의 물처럼 고여만 갔다.

그래, 만남이란 그렇지가 않다. 해 뜨면 내가 먼저 사과해야지…… 이런저런 생각을 하다가 곯아떨어졌다. 꿈을 꾸었다. 개울에서 두 살 터울 동생 권과 고무신으로 송사리를 잡고 있었다. 우린 예닐곱 상고머리 꼬마들이었다. 드문드문 묘지가 보이는 게, 선영 골짜기인 것 같았다. 물이 찰찰 흐르는 개울에 발을 담그니 송사리들이 발가락을 간질였다. 그때, 가재 한 마리가 발등 위로 오르고…… 난 손으로 잡으려 들고…… 악! 엄지손가락.

몇 시나 됐을까. 실제로 엄지가 따끔거렸다. 배 위에서 뭔가 꼼지락거리는 것 같았다. 놀라서 모포를 펼쳐보니 전갈이었다. 개미들이 기어가는 듯 코끝이 간질간질하더니, 정신이 몽롱해졌다.

"전갈이야! ……전갈에 물렸어!"

개, 자라, 뱀, 심지어 원숭이에게도 물려봤지만 전갈에 물리긴 처음이었다. 내 비명소리에 페드로가 황급히 다가왔다. 옆의 치에게 수건을 가져오라 하더니 두 손으로 내 팔목을 잡고선 엄지를 힘차게 빨았다. 손가락의 모든 살점이 그의 입속으로 빨려들었다. 누군가 감방 불을 켜대니, 여기저기서 웅성거리기 시작했다. 그중 한 놈이 별것도 아닌 일에 호들갑이라며 "불 꺼"라고 소리쳤다. 구운 전갈을 안주로 먹는다는 허풍쟁이, 엔리케였다.

"걱정 마, 그리 심하지 않아. 약 좀 가져올게."

속이 깊은 페드로는 날 위해서든 전갈을 넣은 놈을 위해서든, 알면서 모르는 척하는 것 같았다.

몽롱했다. 이러다 죽는 건 아닐까. 영화에서만 보던 장면인데. 주인공이라면 무사하겠지만 조연이나 엑스트라라면 그냥 내버려두겠지.

페드로가 연고 같은 것을 발라줬다. 용기나 내용물로 봐서 민간요법인 것 같았다.

"무슨 약이야?"

"걱정 마, 죽이진 않을 테니."

페드로는 장난기가 도는지 내 손가락을 무는 척했다. 순간 손가락을 움츠리니 건너편에 있던 페페 녀석이 깔깔거리며 웃었다. 페페의 웃음에 곧바로 페드로의 장난기가 멈췄다.

"페페를 멀리해. 아님, 큰일이 벌어질지도 몰라."

7
독방

약은 독의 극소요, 독은 약의 극대인가. 손가락은 부었지만 컨디션은 좋아졌다. 예상대로 전갈이 신고식이었나 보다. 식당에서 몇몇이 반갑게 인사를 건네왔다. 찰리가 빙그레 웃으며 '실비아 킴'은 잘 있느냐고 물었다. '실비아 리'라고 말해주려다가 참았다. 조식은 미니 럭비공 같은 딱딱한 빵 조각 하나와 알파벳 모양의 마카로니 수프, 주스 한 잔이 전부였다. 전갈에 물린 손가락 탓인지 석방에 대한 기대감 때문인지, 먹히질 않았다. S.U.E.R.T.E.(행운) 수프 속 마카로니로 단어를 만들었다. 여섯 글자를 순서대로 찾는 데 한참 걸렸다. 우리말, 우리글이 그립다.

식사 후 감방으로 들어서려는데 에우헤니오 놈이 훈련된 사냥개를 부르듯 재빠른 손놀림으로 날 불렀다. 면회라고 했다.

분무기로 뿌린 듯한 안개를 헤치며 정문으로 향했다.

오, 할렐루야…… 내 여호와 세르히오. 그가 분홍색 와이셔츠만큼이나 화사한 웃음으로 날 맞았다. 가로놓인 쇠창살만 없었다면 우아한 디너파티에서 만난 것이라 착각할 정도였다.

"어제 담당 검사와 이야기를 나눴는데, 문제는……."

"문제는?"

문제란 말을 반사적으로 되뇌며 귀를 쇠창살에 끼웠다. 세르히오는 주위를 살핀 뒤, 낮고도 작은 목소리로 돈이 필요하다고 했다.

"무슨 돈?"

소리를 낮추라 말하곤 우선 만 불을 요구했다.

만 불? 우선? 시골 우리 집을 팔아도 안 될 금액이었다. 없다고 했다. 죄를 짓지 않았는데 왜 돈을 줘야 하느냐 따졌다. 세르히오는 그 말에 얼굴을 붉히며 어디 빌릴 데라도 없냐고 했다.

"그건 그렇고, 코트라 남궁 과장에게 전화해봤어?"

"그래, 네 석방을 위해 기도할 거라 그랬어."

기도? 남궁 과장과는 안 어울리는 말이었다. 내가 아는 남궁 과장은 이미 와 있어야만 했다. 콧수염의 경비가 1분 남았다고 했다. 남궁 과장에게 면회 한 번만 부탁한다는 말만 전해달라 했다. 따르릉 벨소리에 세르히오, 돌아서다가 말 안 듣는 아이에게 다짐을 받듯 정색하며 말했다.

"어쨌든 돈만이 널 여기서 빼낼 수 있어."

가타부타 토를 달지 않았다. 다만 남궁 과장은 내가 딱정벌레차를 산 뒤 이내 되팔 수밖에 없었던 이유를 명쾌히 설명해줄 수 있는 유일한 사람이라고만 했다. 돌아갈 때 그의 표정은 올 때와는 딴판이었다. 손짓으로만 인사를 하곤 반대편 문을 열고 나갔다.

❦

점심을 먹고 나오는데, 식당 문 앞에서 에우헤니오 놈이 사복 차림의 메스티소 셋과 날 기다리고 있었다. 순간적으로 삼킨 빵 조각이 풍선처럼 부풀어 올랐다.

"가자."

"무슨 일이오?"

그중 한 놈이 내 팔을 젖히곤 강철선 계구를 손목에다 씌웠다. 저항해봤지만 가슴이 두근거려 하자는 대로 해야만 할 것 같았다.

차가 기다리고 있었다. 쉐보레 실베라도 30, 더블 캡. M60 기관단총이 장착돼 있었으며, 빅풋 MT타이어에다. 방탄유리까지. 내가 체 게바라도 아니고 지나치게 과장된 병력 아닌가.

두 놈 사이에 끼어서 갔다. 뚱보는 내 바지춤을 잡고, 털보는 긴 손톱으로 내 목을 누르며 갔다. 잠시라도 밖을 보고 싶었지만 목을 돌릴 수가 없었다. 놈의 손톱이 한참을 못 깎은 내 손톱보다 더 길게 느껴졌다. 녹슨 볼트처럼 조금씩 돌리니 놈들도 그건 봐줬다. 차는 먼지를 일으키며 외곽을 빠져나갔다. 한국대사관이 있는 로마스 차풀테펙 어귀를 지나쳤다. 천사탑 로터리에서 좌회전해 일본식당 다이코쿠가 있는 콜로니아 로마 쪽으로 향했다.

30층 정도 높이의 현대식 건물. 꽤 위층으로 가나 했는데, 엘리베이터를 타자마자 내렸다. 실내는 여느 회사의 평범한 사무실 같았다. 타이프를 치는 여직원도 공무원이 아니라 개인회사 직원처럼 보였다. 전혀 권력기구 안에 있는 느낌이 아니었다. 두리번거리다 보니, 멕시코 인터폴 팻말이 멕시코 국기와 함께 벽 쪽에 걸린 게 보였다. 놈들은 'Lic. Juan Rodríguez González'라 적힌 명패 앞에 날 꿇어 앉혔다.

책상의 주인이 안 보였다. 명패로 봐선 남자일 텐데, 돌아다니는 이들은 모두 여자였다. 잠시 뒤, 책상 바로 뒤에서 양변기 물 내려가는 소리가 들렸다. 또 다른 방인 줄 알았는데, 화장실이었다. 콧수염을 단 사십대 중반의 대머리가 손을 닦으며 나왔다. 기다린 지 꽤 되었으니 대낮에 큰 걸 본 모양이었다.

"경준 강?"

그가 자리에 앉기도 전에 내 이름부터 불렀다. 목소리가 부드러웠다. 준을 훈이라 발음하지 않는 걸로 봐선 인텔리일 것이었다. 명패에 붙은 Lic.을 봐도 그렇다. 리센시아도Licenciado, 학사의 준말이지만, 흔히 변호사 등 법률전문가를 뜻하기도 한다. 이제 좀 말이 통하려나.

"Have a seat, please. Where are you from?"

영어발음도 나쁘지 않았다. 습관인지 인정심문에 관한 사항들을 계속 영어로 물어왔다. 그럼에도 내가 계속 스페인어로 답하니, 알았다는 듯 고개를 끄떡였다.

"인터폴은 외국인범죄 중 국익과 관계되는 범죄를 수사하는 곳입니다. 당신에게 씌워진 혐의 중 공문서 위조 및 동행사죄, 이민법 위반죄 등이 여기 관할에 속합니다."

그의 어투는 명패에 적힌 Lic.을 또 한 번 살피게 했다.

"경찰서에서 자백한 사실에 동의하나요?"

갑자기 경찰서와 자백이란 말에 숨이 막혀왔다.

"아니……, 아니에요. 절대 아닙니다……."

"그럼 이건 뭔가요?"

"모두…… 위조됐어요. 위조했습니다, 그들이……."

어떻게 설명해야 하나. 안절부절못하고 몸을 움직이니 강철선 계구가 손목을 조여왔다. 조금 느슨하게 해달라는 뜻으로 계구에 눈을 맞춘 뒤 옆의 치를 올려봤다. 옆의 치, 앞의 치의 머리 끄덕임을 확인한 뒤에야 조금 풀어줬다. 막혔던 피가 한꺼

번에 빠져나가는지 피의 소용돌이가 느껴졌다.

"거짓말쟁이, 여기 네 사인이 있는데, 아름다운…… 그 누구도 흉내 내기 힘들 피카소 그림 같은 사인 말야."

그는 더 이상 높임말을 쓰지 않았다. 입술이 말라오고 혀가 꼬이기 시작했다. 더 이상 스페인어가, 아니 말이 나오지 않았다. 겨우 변호사를 불러달라는 몇 마디만 할 수 있었다. 여직원이 물 한 컵을 책상 모서리에 놓고 갔다. 옆의 치가 물컵을 내 입술에 가져왔다. 채 비우지도 못하고 사레가 들려버렸다. 콜록거릴 때마다 계구는 더 손목을 조여왔다.

"듣기로, 한국 S그룹 일가라는데…… 맞아?"

아니, 이건 또 무슨 소린가. S물산에서 아르바이트한 사실밖에 없는데.

"아뇨…… 그냥 아르바이트했어요."

"여기 멕시코에서?"

놈의 갈색 눈동자가 책상 위에 놓인 내 학생비자 사본으로 옮겨졌다.

"얼마나 벌었어, 거기서?"

결국, 모든 게 돈이로구나. 사실대로 말했다. 한 달에 200불 번다고. 8개월 정도 일했으니 계산해보라고 했다. 그 말에 놈은 한 푼도 안 빼고 추징할 거라며 엄포를 놓았다.

"지금 얼마 갖고 있어?"

돈이 없다는 내 말에 놈의 인상이 완전히 구겨졌다. 갖은 욕설을 퍼부으며 두고 보자며 책상에 놓인 신문을 찢고 또 찢었다. 뾰족한 턱을 문 쪽으로 치올리더니 옆의 치에게 몰고 가라고 했다.

다시 실려갔다. 밀려가는 거리의 풍경들. 크리스마스트리에 불이 들어오고, 꺼졌다 켜지기를 반복하는 전구만큼이나 총총대는 발걸음들. 그래, 여길 빠져나가면 포포카테페틀을 오르리라. 눈 속에 파묻혀 노랠 부르고 싶다. 나만의 노래를. 모든 양지가 음지 되던 시절, 차라리 쥐구멍에 볕 들 날이 더 빠를지도 모른다고 믿던 시절, 종로2가 지하 양지다방에서 맹세코 리필되지 않을 80원짜리 보약 같은 커피 한 잔을 시켜놓고, 전화 한 통 없이 바람맞힐 그녀를 기다리며 듣던 LP판 속 그 노래를. 재떨이 비운다는 핑계로 수시로 눈치를 주던 다방레지와 신경전을 벌이며 다방 후문 쪽으로 혹시나 하고 고갤 돌려보면, 빗자루 몽둥이 머리를 한 뺀질이 DJ 영락없이 한마디 했다. "5번 테이블 손님, 아직도 기다리시나요? 정말 중요한 분인가 봐요. 누군지 몰라도 참 행복하시겠습니다." 그러면 난, 가고 싶지도 않은 화장실을 다녀와야만 했고, 돌아오면 내 존재의 이유였던 커피 잔은 다방레지가 깨끗이 치워놓았다. 그래 그녀, 행복했는지는 모르겠지만 정말 중요한 분이었다. 다시 그녀를 듣는다. 오른팔에 들린 책 뒤에 숨겨진 그녀의 심장 소리를. 파마도 고데도 안 한 그녀의 생머리카락의 찰랑거림을, 그리고 도톰하면서 가지런한 그녀의 붉은 입술을 통해 끝내 쑥스럽게 불릴 수 있었던 내 이름 석 자. 이제 그녀, 길섶 잔설처럼 사라지고 없지만 그녀의 목소리만은 존 덴버 CD 속 〈My sweet lady〉처럼 영원히 내 가슴속에 첫 번째 트랙이 돼버렸다.

❋

초저녁 어둠 속에 에우헤니오가 서 있었다. 놈의 표정이 무척 냉담했다. 무전기에다 뭐라고 지껄이더니 감방 쪽이 아닌 다른 쪽으로 날 데려갔다. 도착한 곳은 2층 슬래브 건물지하.

독방이었다. 지난밤, 놈이 보여줬던 모니터 속 그 방. 보지 못한 건 카메라가 못 잡는 감방 문의 바깥 면뿐. 문은 통문이었으며, 오른쪽으로 빗장이 걸쳐져 있었고, 빗장 끝에 굵은 자물통이 채워져 있었다. 그런 방이 복도를 가운데에 두고 좌우대칭으로 있었으니, 약 예순 개 정도? 문 상단에는 눈높이쯤 길이 약 30센티미터, 폭 5센티미터 정도의 구멍이 나 있었으며, 문 하단에는 약 15센티미터 너비의 홈이 길이 30센티미터로 나 있었다. 홈 주위엔 말라붙은 빵 조각인지, 토르티야 조각인지, 톡톡 흩어져 있는 걸로 봐선 식판 출입구일 것 같았다.

에우헤니오 놈은 이미 내가 이곳으로 이감될 거란 걸 예상했노라 말했다. 그렇다면 정해놓은 코스다. 돈이 문제다. 감방생활이라도 편하게 하려면 그 빌어먹을 돈이 없다는 걸 하루바삐 깨닫게 해줘야 한다.

문이 요란스레 잠겼다. 순간 폐소공포증이 엄습했다. 숨이 가빴다. 최면을 걸었다. 아주 넓은 평원에, 그 중앙에, 그중 가장 큰 나무 그늘에서 편히 쉬는 거라고, 아주 편히.

카메라 위치를 확인하고 싶었다. 지난밤 모니터를 떠올렸다. 거의 사면이 잡혔으니 그래, 모서리 어디쯤일 것 같았다. 지금 내 눈조리개가 향한 위치에 카메라가 있다면 에우헤니오 놈의 눈알과 마주칠 텐데. 감방 불이 희미한 탓인지 찾질 못했다.

불을 껐다. 캄캄해지니 식판 출입구에 한 자 너비의 빛줄기가 쓰레받기 모양으로 뻗쳐졌다. 99, 98, 97…… 잠을 불렀다. 방을 맴돌았다. 한 바퀴씩 돌 때마다 그 무엇의 껍질이 하나씩 벗겨지는 듯했다. 몇 바퀴나 돌았을까. 그 무엇을 알려면 죽을 때까지 맴돌아야만 할 것 같았다.

마침내 잠은 찾아왔다. 언제 왔을까, 또 언제 갔을까. 눈을 뜨고 있었지만 보이는 건 하나도 없었다. 다시 한 번 눈을 감았다가 떴다. 역시 보이는 건 하나도 없었다. 이번엔 손가락으로 내 눈동자를 만져봤다. 눈꺼풀이 열려 있었다. 아, 봉사가 된 건가. 소리쳤다. 안 보인다…… 볼 수가 없다! 다시 정신을 차리곤 손바닥을 눈앞까지 가져와봤다. 손바닥이 보이지 않았다. 식판 출입구 쪽의 빛줄기가 떠올랐다. 그쪽 역시 깜깜했다. 아, 놈들이 내 눈을 어떻게 해버렸나…… 눈을 올빼미처럼 수십 번 더 떴다 감았다. 마침내 뭔가가 보였다. 포르륵, 빛의 점선들. 피터팬의 요정 팅커벨의 요술지팡이에서 뿌려지는 반짝이를 닮은 야광 벌레들. 반딧불과는 비교가 안 될 정도로 작은 벌레들이 금실처럼 하늘거렸다. 더듬거리며 벽에 붙어 있을 스위치를 찾았다. 손끝에 뭔가가 잡혔다. 근데, 그 뭔가는 푸드덕거리며 저쪽으로 튀었다. 조심조심 손바닥을 옮겨가며 벽을 훑었다. 마침내 스위치를 찾았다. 올렸다 내렸다가를 반복했건만 불은 들어오질 않았다.

지난밤 모니터에 비치던 그치를 불러볼까? 소리를 지르면 들을까? 배가 고팠다. 허기를 잊으려면 잠을 청하는 수밖에. 99, 98, 97…….

눈두덩에 내려앉는 빛 뭉치로 잠에서 깼다. 밤을 밝히는 게 전구인데 이곳에선 낮을 밝혔다. 매미보다도 큰 바퀴벌레가 기어다녔다. 지난밤 내 손을 치고 간 놈일 것이다. 그래, 고독이 가장 무서운 적이 될 테니, 잘 지내보자꾸나. 그런 내 마음을 아는지 녀석도 숨으려 들질 않았다. 아니 숨을 데도 없었다.

8
주기도문 한 줄

신음이 들렸다. 두레박으로 마른 우물 바닥을 긁는 듯한.

"거기 누구 있소?"

소리가 멈췄다.

"나, 또한 죄수요. 거기 누구 있소?"

그가 죄수란 걸 전제로 또 한 번 불렀다. 신음은 다시 비 오는 날 경적처럼 구슬프게 들려왔다. 이어 철문 열리는 소리 들리고 뚜벅거리는 발걸음 소리가 이어졌다. 밥이라면 좋을 텐데…… 순간 잊고 있었던 시장기가 솟구쳤다.

발걸음 소리 멈추고 "경훈 캉!" 내 이름이 불렸다. 감방 문 앞에서였다. 이국에서 다른 구조의 혀뿌리에서 뿜어지는 내 이름을 들노라면, 실존이 본질보다 앞섬을 느낀다. 김춘수의 시

「꽃」처럼 누군가 내 이름을 불러줄 때 비로소 내가 되는 느낌.

"Sí(네)" 하고 답했건만 그뿐이었다. 아침점호인가?

"안헬 구스만!"

또 다른 이름이 불렸다. 옆의 옆방 정도쯤에서였다. 대답이 없었다. 아니, 내가 듣지 못했을 수도 있다. 잠시 후 발걸음 소리, 입구 쪽으로 사라졌다. 부풀었던 가슴이 내려앉았다. 순간적으로 세르히오나 남궁 과장의 면회를 기대했었기 때문이다.

잠시 뒤, "안헬 구스만!" 하고 내가 그를 불렀다. 반응이 없었다. 몇 번을 더 불러봤다. 메아리만 콘크리트 벽을 부딪곤 돌아왔다.

얼마나 지났을까. 난 바퀴벌레의 들락거림을 세고 있었다. 녀석은 내 존재를 잊은 듯, 아니 무시하는 듯 침상에까지 다가왔다. 감방은 녀석의 더듬이질 몇 번에 끝을 보였다. 그렇게 열댓 번 구석구석을 오가더니 문 주위에서 서성거렸다. 그때 또다시 발걸음 소리가 들려왔다. 녀석이 문 주위를 맴돌던 이유였다. 조식이었으며 냄새로 봐선 닭고기 수프와 토르티야일 것이었다. 근데 발걸음 소리가 내 방을 스쳐 가기만 했다. 거꾸로 내려오려나, 뒤로부터? 안헬 구스만의 방쯤에서 식판 소리 들리고, 발걸음 소리 맥박처럼 뚜벅뚜벅 다가왔다. 하지만 끝내 내 감방을 뛰어넘었다.

'피킨piquin'이라는 다년생 고추가 있다. 고추의 원산지인 이곳에서 가장 매운 고추이니, 세계에서 가장 매울 것이다. 작은 고추가 맵다는 말이 딱 들어맞는바, 길이는 불과 1~2센티미터. 혀에 닿자마자 불길을 느낀다. 멕시코에 온 지 얼마 되지 않아서였다. 짓궂은 놈들이 '고추 먹기' 내기를 걸어왔다. 흔쾌히 승낙하고 꼬레아노의 매운 먹성을 보여줄 때다 싶어 내심 쾌재를 불렀다. 28구경 권총 알보다 작은 피킨 한 알을 보란 듯 삼켰다. 혼수상태에 빠졌다. 못 견딘 위가 고추 알을 다시 목구멍으로 되돌려 보냈다. 이 기이한 현상을 수비르(subir, 오르다)라 부르는데, 이 현상이 일어나면 게임은 끝이다. 물을 말로 들이켜도 몸속 불은 꺼질 줄을 모른다. 결국 위 도포제 몇 봉 바르고 나서야, 겨우 정신을 차릴 수가 있었다. 멕시코 친구들이 한국의 매운 김치 맛에 눈 하나 깜짝 안 하는 이유를 오장육부로 깨닫게 해준 사건이었다.

멕시코에선 물을 조심해야 하건만, 물이라도 들이켜지 않으면 죽을 것 같았다. 꿀꺽꿀꺽, 홀쭉하던 배가 빵빵해졌다. 아랫배가 살살 아팠다. 설사였다. 마지막으로 먹은 게 피킨을 넣은 메뉴도였기에 밑이 따가웠다. 찌꺼기가 나오면서 항문을 자극했을 것이다. 닦을 휴지가 없었다. 옆의 치들은 어떻게 할까? 일단 변기통 속 물을 내린 뒤 다시 물이 고이면, 그 물을 손바닥으로 퍼서 재빨리 뒤를 씻으면 되겠구나 싶었다. 얼음이 둥둥 떠 있는 듯, 변기통 물이 차가웠다. 서너 번의 설사로 맥이 다

풀려버렸지만 정신을 차리기 위해서라도 물을 마셨다. 의식은 변기물과 함께 회오리치며 빠져나갔다.

🌑

"켱훈 캉."

멕시코에서 듣는 내 이름. 거의 각성제다. 비몽사몽간 의식이 돌아왔다.

"켱훈 캉 씨, 내 말 안 들려요?"

처음 듣는 목소리였다. 그 부드러움으로 봐서 간수는 아닐 듯했다. 그렇다면 혹시?

"안헬 구스만 씨?"

난, 와중에 그 이름만은 잊지 않았다. 매스컴에서 자주 떠들던 유명인사의 이름과 같기 때문이었다.

"그래요, 안헬 구스만이오."

목소리는 생각보다 낭랑했다. 나이는 한 오십 정도?

"근데, 제 이름은 어떻게?"

"간수 하이메란 놈이 당신 이름을 부르는 걸 들었소. 그쪽도 마찬가지 아닌가요? 내 이름을 그렇게 알게 됐을 텐데…… 오늘이…… 음…… 1884년 12월 23일, 맞지요?"

1884년? 백 년이나 틀렸다. 실수였을 것이다. 하지만 나머지 숫자는 다 맞다. 친절했던 지난번 간수에게서 알 수 있었던 마지막 날짜가 1983년 9월 14일이었으며, 그날부터 하루도 빠뜨리지 않고 세고 있다고 했다. 무엇보다 윤년을 감안한 사실이 놀라웠다. 그동안 또 다른 죄수의 입감이 없었냐는 물음에는, 있긴 있었지만 거리상 소통을 할 수 없었으며, 지금 있는 이는 고문 후유증으로 심신박약이 됐을 거라고 했다. 오랜만에 하는 말이어서인지, 그는 들떠 있었다. 말할 수 있는 시간이 15분밖에 안 되니 그냥 듣고만 있으라고 했다.

"난, 국민행동당PAN의 국회의원이었소."

그는 PAN의 원내대표였다. 1975년 대선 당시 반정부단체를 후원한 죄로 15년형을 선고받은 이래, 독방생활을 하고 있었다. 여기 독방은 총 56개. 양쪽으로 28개씩이며, 한쪽(CCTV가 장착된)은 정치범 또는 사상범, 다른 쪽은 돈을 긁어내기 위한 방이었다. 그나마 선거철엔 방이 모자란다고 했다.

"돈 있소?"

돈이 있다면 빨리 줘버리고, 없다면 없다는 걸 빨리 깨닫게 하라 했다.

"왜 15분간만 얘기할 수 있죠?"

"하하…… 일종의 노하우지. 목숨을 걸고 터득한."

자기 방은 감청이 되는 CCTV가 설치되어 있어, 당직이 감방을 도는 시간이 밤 10시에서 10시 20분 사이니, 마음껏 지껄일

수 있는 시간은 소등 직후부터 15분 정도라는 것이었다. 수년 전, 옆방의 죄수들과 간수 놈 욕을 해대다가 빈사상태까지 간 적이 있으며, 심지어는 잠꼬대를 꼬투리 잡아, 죽도록 패더라고 했다.

갑자기 그가 흡흡 하고 헛기침을 해댔다. 줄줄 새어 나오던 말이 스위치를 끈 라디오처럼 딱 끊겼다.

"나머지 한 사람은 어디 있어요? 그는 괜찮을까요?"

병든 암탉 소리 같은 그 신음도 궁금했지만, 시간이 다 돼서 말을 끊은 것 같아 확인차 말을 걸어본 것이었다. 결국 그의 헛 기침은 소등된 지 20분이 되었다는 알람이었던 셈이다. 최소한 내 방엔 카메라가 없음을 그로부터 알았다. "¡Hijo de puta!(시 팔 새끼야!)" 천장을 향해 중지를 올리며 소리쳤다.

왜 날 보고 S그룹 친척이란 걸까. 혹, 놈들이 넘겨짚듯 하는 소리는 아닐까. 지사장이 대현이 이종사촌인데, 대현이와 헷 갈리고 있는 건 아닐까. 그렇다 해도 지사장은 겨우 과장급인 데……. 하긴, 워낙 말 많은 교민사회 아닌가.

몇 해 전 일본인 요시무라 납치사건이 있었다. 유괴범이 경 찰과 짜고 한 짓이었다. 멕시코에서 자동차 부속상으로 큰 부자 가 된 그는 풀려나기 위해 수백만 불을 지불해야만 했다. 그 사 건 이후 동양인들은 유괴대상 일 순위가 돼버렸다.

이리저리 뒤척이다 소문과 관련될 만한 주위 인물들을 하나씩 떠올렸다. S물산 지사장 이명호, 안기부 서기관 박재욱, 꼬레아 주방장 사시미 김…….

🙠

냄새로 잠에서 깼다. 햄 조각, 초리소(소시지의 일종) 등을 넣고 계란을 마구 휘저어 만든 우에보스 란체로스. 하지만 안헬 말처럼 나에겐 식사가 제공되지 않았다.

점심시간쯤, 하이메가 퉁명스럽게 '면회'라 했다. 다리가 후들거릴 정도로 긴장되었건만 놈은 귀찮다는 듯, 외마디에 조사도 붙이질 않았다.

격자창 사이로 세르히오가 보이고…… 아, 남궁 과장! 속으로 살았노라 외쳤다.

그가 물었다.

"어떻게 된 거야?"

연민, 화급, 근심, 동정…… 눈빛으로 그의 심정을 헤아릴 수가 있었다.

"그렇게 됐어요. 내가 산 볼초(딱정벌레차)가 도난 차량이었나 봐요."

"그래, 대충 세르히오에게 들었어. 면회 시간이 길지 않을 것 같은데, 음……. 내가 뭘, 어떻게 도와줄 수 있나?"

"죄송해요…… 형 차를 못 살 것 같아요. 그보다 형이 유일한 증인인데…… 바쁘시잖아요. 아니, 귀국하셔야…… 이번 주말이던가요?"

"응, 토요일 아침 비행기야. 음…… 세르히오 말로는 애들이 돈을 요구한다던데."

"네…… 근데, 그게 한두 푼이어야죠."

"얼마래?"

"우선 만 불부터 구해보라고 했으니……. 몇만 불 요구하나 봐요. 말도 안 되죠. 어떻게 내가 그런 돈을……."

남궁 과장은 뭔가를 결심한 듯 잠시 내 눈을 쳐다보더니 일 자형 입술을 둥글게 말았다.

"음……, 내 차 사려고 하는 사람은 많아. 아르헨티나에서 봉제하던 이가 멕시코로 왔는데 그이 역시 내 차를 사고 싶어 해. 시간이 없을 것 같아서 오기 전에 좀 생각해봤는데……. 내가 할 수 있는 건……. 그래, 한 5,000불 빌려줄게. 세르히오에게 건네주면 되지?"

"고마워요, 형……. 그렇지 않아도 날, 돈 있는 집 자식이라 오해하고 있어요. 독방에 집어넣곤 밥도 안 줘요. 원하는 만큼의 돈이 나올 때까지 계속 괴롭힐 것 같아요. 이 돈, 아르바이트 해서 꼭 갚을게요……."

"허허, 인마, 그럼 안 갚으려 했냐?"

그의 웃음에 순간 눈물이 돌았다.

"네가 부잣집 아들인 건 사실이잖아. 세르히오도 그렇게 알고 있던데……."

세르히오, 우리말을 못 알아듣건만 사이사이 불리는 자기 이름에는 눈을 반짝거렸다.

"세르히오가요? 이상하다. 난 그런 말 한 적이 없는데……. 대현이 이종사촌 형이 S물산 지사장인데, 그걸 착각하는 건 아닐까요?"

"아님, 대현이 놈의 스페인어가 엉망이라 세르히오가 오해했겠지, 뭐. 근데 그게 중요해? 부자면 좋지 뭘 그래……. 이만 가볼게. 건강이 최고야, 건강해야 해. 참, 서울 돌아가면 이내 아프리카로 갈 것 같아. 요하네스버그."

"와, 형과 참 잘 어울리는 곳이네요. 축하해요."

"그래, 한동안 못 볼 것 같다. 나오면 전화해. 여기 서울 누님 댁 전화야. 자형도 공무원이라 웬만해선 번호가 안 바뀌지. 거기 전화하면 언제든 내 연락처를 가르쳐줄 거야."

"고마워요, 형."

난, 남궁 과장이 건네준 쪽지를 조심스레 받아 쥔 뒤, 세르히오를 향해 속삭였다.

"내 방, 침대 매트리스 밑에 3,500불이 있어. 그리고 남궁 과장이 5,000불 더 줄 거야."

"빌리는 김에 좀 더 빌려봐, 한 5,000불만 더……."

"안 돼, 그 역시 돈이 없어."

"할 수 없지, 이걸로 해보는 수밖에……."

"언제 빼줄 거야, 이 지옥에서?"

"확실치는 않지만 오래 걸릴 것 같진 않아. 힘내라…… 친구야."

난 남궁 과장의 손을 잡기 위해 창살 사이로 두 손을 내밀었다.

"석이 형, 고맙습니다. 우리 꼭 다시 만나……."

"야 임마, 누가 죽냐, 죽어…… 젊은 놈이 청승은. 간다. 잘 있어. 메리 크리스마스라고는 차마 말 못하겠네."

🌰

"변호사…… 모두 바나나 같은 놈들이지."

안헬은 몇 번의 대화로 내 나이를 짐작했는지 슬슬 말을 놓기 시작했다.

"바나나요?"

"그래, 바나나……. 바나나처럼 굽었다는 얘기야."

"세르히오는 그런 사람이 아니에요."

"그래, 믿음이란 좋은 거야. 오늘은 여기까지……. 잘 자게."

안헬의 말이 거슬리긴 했지만 석방될 수 있을 거란 기대감으로 잠을 못 이루었다. 여기서 나가면 중세 식민지풍 도시, 타스코를 가볼 생각이다. 지지난해 크리스마스를 그곳 친구네 집에서 보냈다. 우린 하나밖에 없는 마을학교 운동장에서 새벽녘까지 술을 마시고 춤을 췄다. 점잖은 오빠 후안과는 달리 말괄량이 말레나는 쉴 새 없이 내 손을 끌어당겼다. 빠른 템포의 메렝게가 흘러나와 마을 춤꾼 파코에게 그녀를 건네기 전 난, 이미 녹초가 되어버렸다.

돌아오던 길, 캄캄한 골목길로 접어들자 갑자기 말레나가 내 앞을 가로막았다. 그녀는 무작정 내 입술을 빨기 시작했다. 마지막 단추를 못 잠그게 만들던 젖가슴으로 날 숲 속으로 밀어넣었다. 한 손으론 옷을 벗고 다른 손으론 내 옷을 벗겼다. 뭔가 뒤바뀐 듯한 느낌이지만, 중남미에선 낯선 풍경이 아니다. 콜롬비아에선 한때 남자들을 납치해가던 아마조나Amazona들이 있었고, 파라과이에선 30년 전쟁으로 남자 씨가 말라버려 일부다처제를 공인한 적이 있었다.

❧

크리스마스지 않은가. 예상은 빗나가지 않았다. 닭고기 수프에 토르티야 석 장, 오렌지 주스 한 잔이 전부였지만 일용할 양

식이 이토록 고마울 줄이야. 난생처음 형식적으로만 외던 주기도문 한 줄이 가슴에 와 닿았다.

9

내 변호인, 세르히오

신음소리의 주인이 실려서 나가던 날, 나 또한 다른 죄수 몇 몇과 실려나갔다.

인수르헨테 노르테, 멕시코시티 북쪽 경계지역이었다. 차는 고색창연한 중세 식민지풍 건물 앞에 멈췄다. 대리석 석판에 고 딕체로 CORTE(법원)라 새겨져 있었다. 성당처럼 천장이 높았으 며 빤질빤질한 방청석의 긴 나무 의자들은 연륜을 자랑했다.

첫 번째 사건의 피고는 사십대 여성이었는데, 재판 내내 울기 만 했다. 아니 뭐라고 말을 늘어놓았건만 내 귀엔 한마디도 들 어오지 않았다. 마침내 내 차례가 되고 법복을 입은 판사와 초 콜릿색 라운지 슈트를 입은 검사, 그러나 변호인 자리는 비어 있었다. 반사적으로 일어나 내 변호인이 아직 도착하지 않았다고 말했지만 못 알아들었는지 판사는 재판의 시작을 알렸다. 다시 한 번 일어나 큰 소리로 외치자, 이번엔 정리들이 강제로 주저앉혀버렸다. 덩그렇게 비어 있는 변호인석 밤색 가죽 의자는 절망의 늪으로 날 밀어넣고 있었다. 램브란트의 초상화 속 인물을 빼닮은 판사가 "켱훈 캉" 하고 내 이름을 몇 번이나 불렀지만, 내 눈은 출입구에 고정되어 있었다.

아, 내 변호인 세르히오. 도대체 어디에 있느냐.

첫 공판이었건만 인정심문만 하는 게 아니었다. 콧수염의 빼빼 마른 검사가 낯설지 않은 종잇조각을 흔들며 소리쳤다. 하단을 손가락으로 가리키는 걸로 봐서 내 사인에 관해 떠드는 모양이었다. 주어, 동사 정도만 겨우 들렸으니 자막처리 안 된 외화를 보는 느낌이었다. "ocho años(8년)" 검사가 뱉는 외마디에 도수 높은 안경을 낀 판사가 목각인형처럼 고개를 끄덕였다. 아, 선고형도 비슷할 텐데…… 순간 심장이 다리 쪽에 가 붙는 느낌이었다. 날조된 것이라고, 모두가 사기라고 외쳤지만 정리란 놈들이…….

◆

최후진술을 스페인어로 준비하느라 밤을 새웠다. 죄가 없다. 자백하지 않았다. 내 변호인 세르히오는 어디에 있느냐. 매 항목에 대한 이유와 설명을 정리한 뒤, 모두 암기했다. 안헬과는 상담하지 않았다. 분명 냉소를 보낼 것이기 때문이다. 대쪽 같은 그가 멕시코 출신이라는 사실이 믿기지 않는다.

　초췌한 모습으로 다시 법정에 섰다. 이토록 긴장되던 날은 없었다. 준비해온 최후진술을 몇 번이고 되뇌었건만, 판사는 숫제 날 쳐다보지도 않고 준비해온 판결문만을 읽어나갔다. "피고인이 아래의 죄를 범했다는 사실은 그 증거로 봐 명백하다. 형법상 절도, 사기, 공문서 위조 및 동행사죄, 기타 이민법 위반. 결국, 이 법원은 피고 강경준을 5년의 유기징역에 처하는 바이다."

　죽도록 달려왔건만 막차가 떠나버린 느낌. 아니, 숫제 있지도 않을 차를 타기 위해 숨이 끊어져라 달려온 느낌. 난, 비어 있는 판사석을 향해 밤새 외운 문장들을 목이 터져라 외쳤다. "죄가 없다! 자백하지 않았다! 내 변호인, 세르히오는 어디에 있느냐!"

❧

　세르히오 놈은 나에게서 더 이상 돈이 나오지 않을 거란 걸 눈치챘겠지만, 판사나 검사 놈들은 아직도 나에게 돈줄의 희망을 걸고 있을지도 모른다. 세르히오의 배신은 내 옥살이가 오랜 기간, 최소한 놈이 이 사건을 완전히 잊어버릴 정도로 오랜 세월 지속될 거란 사실에 근거한 것일 게다. 놈은 거리의 십자로 빨강 신호등 앞에서 성호를 그어대겠지. '하나님, 이 불쌍한 양이 오늘 저지른 죄를 어제처럼 용서해주십시오……. 일곱 번, 일흔 번도 더 용서해주십시오.'

항소할 수도 있겠지만 빤한 결과일 것이다. 변호인 없이 절차를 밟기도 어려운 일일 테고.

오후 늦게 주 영사의 면회가 있었다. 그의 입에선 건강에 유의하고 잘 지내길 바란다는 등 극히 형식적인 말들만 쏟아져 나왔다.

2부

행복의 원칙은 첫째, 어떤 일을 할 것,
둘째, 어떤 사람을 사랑할 것,
셋째, 어떤 일에 희망을 가질 것이다.

-

칸트

10
타예르

유죄판결을 받고 난 뒤에야 비로소 식구로 인정해주는가. 근 2개월 만에 돌아온 감방. 다들 반갑게 맞아주었다. 페페는 세사르의 눈치를 봐야 할 정도로 좋아했다. 페드로는 내 어깨를 툭 치며 미안하다고 했다. 미안해할 일이 아니란 걸 안다. 독방에까지 힘이 닿는 사람은 교도소장뿐이라는 사실을 안헬에게 들었다.

5년, 긴 세월임이 틀림없다. 유학생활을 감옥에서 한다고 치자. 주 영사에게도 말했다. 집에 연락하지 말라고. 물론 어머니 때문이다. 출소 후 찾아뵌 뒤, 파타고니아로 떠나야겠다.

페드로가 나에게 희망적인 말을 했다. 타예르라는 작업장에서 일을 하면 형기를 반으로 줄여준다는 것. 5년형을 2년 반으로 감경받을 수 있다는 것이다.

그래, 어둠 또한 희망이다. 어둠 없인 빛 없다. 도둑괭이의 눈
알들, 인燐이 폴폴 튀는 공동묘지의 썩은 시체, 모두가 어둠 속
에선 빛이 된다.

❧

타예르에서 난, 나우칼판의 마지막 대빵인 헤라르도를 보
게 된다. 일흔둘의 그는 40여 년 전, 2차 대전 전범으로 쫓기다
가 멕시코로 숨어들었다. SS 알프스 스키부대장이었던 그의 본
명은 알려져 있지 않다. 메스티소 여인과 결혼해 딸 셋을 뒀는
데, 큰딸의 전남편이 멕시코 재무장관 로페스 디아스다. 둘째
딸은 독일계 미국인과 결혼해 현지에 살고 있으며, 막내딸은 멕
시코국립대학교 의과대학을 졸업해서 오스피탈 헤네랄에서 인
턴 중이다. 골수 나치분자인 헤라르도의 눈에는 멕시코가 나라
처럼 보이지 않는다. "썩어빠진 땅, 지구상에서 영원히 사라져야
만 한다"라고 외친다. 그는 스위스 샬레를 지어 분양하다가 자
금이 모자라 부도를 낸 뒤 나우칼판에 들어왔다. 주변 사람들
의 말에 의하면 그는 일종의 경제사범으로 중형을 받지 않을
수도 있었으나 전 사위, 로페스에게 미운털이 박혔기 때문이라
는 것이다. 로페스는 멕시코 실세다. 장인이 자기 조국을 무시

하는 말을 재미로만 듣던 그는 너무 지나친 것 아닌가 따지게 되고, 장인은 사위에게 '너 역시 썩은 놈이다. 부정부패의 원흉'이라며 싸잡아 욕을 해댔다. 또 다른 이유가 있었겠지만, 결국 로페스는 이혼하고 말았다.

찰리 못지않게 헤라르도 역시 감옥 아닌 감옥에서 살고 있었다. 작업장 한 켠에 처진 칸막이 안에는 TV, 침대, 냉장고가 들어 있었다. 헐크 호건 덩치에, 존 웨인 얼굴을 한 그는 꼿꼿해 보였다. 여전히 히틀러를 숭배하는 듯, '하이 히틀러' 하며 친한 죄수들이 놀려대면 평소 유머러스한 모습과는 달리 정색했다.

CF에 나오는 북극곰처럼 두 팔을 벌려 날 환영해주었다. 감옥에서의 만남이 반가우면 안 되는데……. 그 헐거운 듯한 말투가 정겨웠다. 냉장고에서 치즈와 포도주를 꺼내더니, 한잔 할까 했다. 평소엔 숨겨놓는 듯 탁자 밑 서랍에서 반짝이는 크리스털 술잔까지 꺼냈다. 잔 하나를 건네더니 무턱대고 "멕시코 참, X 같은 나라다"라고 했다. 순간, 찰리의 막사 옆 농구 골대의 낙서를 떠올렸다. 그게 그의 짓일지도 모른다는 생각에 물어봤더니, 사실 그렇지 않아? 하곤 웃었다.

"멕시코는 너무 커. 노자는 도덕경에서 이상적인 국가가 되기 위해선 소국과민小國寡民이 돼야 한다고 했지. 나라 크기는 이쪽 변방의 개 짖는 소리를 저쪽 변방에서 들을 수 있어야 하고, 백성의 수는 직업의 중복이 없을 정도로 적어야 한다고 했지."

깜짝 놀랐다. 그가 나에게 호감을 갖는 이유가 확연해지는 순간이었다. 내 전공을 묻기에 문학이라고 했더니 주역을 아주 재미있게 읽었다고 했다. 서양의 점성술과는 비교가 안 될 정도로 심오하며, 옥타비오 파스의 시 「블랑코Blanco」가 바로 그 주역을 바탕으로 쓴 것이라 했다. 그 밖에 힌두교, 탄트라불교, 선불교, 유교와 노장사상에 관한 책까지 읽었노라 했다. 나더러 읽어보라며 책꽂이에서 책 한 권을 뺐다. 앨런 와츠의 심리학에 관한 책이었다. 중간 부분이 접혀 있는 걸로 봐서 읽는 중인 것 같았다. 동양 마니아인 그가 서양 크리스천 문명에 비판의 눈길을 보내는 것이 당연할지도 모른다. 멕시코를 마르케스의 소설 『백 년 동안의 고독』에 나오는 도시 '마콘도'에 비유하면서, 지구상에서 사라져야 할 집단이라고 주장했다. 별안간 나치의 유대인 학살에 관한 그의 사견을 묻고 싶었다. 하지만 초면에 실례되는 이야기일 것 같아 참았다.

"여기서 일하고 싶지 않아?"

순간 페드로가 한 말이 떠올랐다. '작업장 규모도 그렇고 생산규모에도 한계가 있으니, 원한다고 모두 일할 수 있는 건 아니야.'

"네가 원한다면 언제든지."

페드로의 또 다른 말이 떠올랐다. '작업반장을 맡고 있는 헤라르도의 추천은 아주 영향력 있지. 양탄자나 피륙을 짜는 일로서 코코넛(머리)을 쓰는 작업이 아니니, 스트레스 받을 일도 없을 거야.'

"생각해보고요……. 이제 돌아가야겠는걸요."

"생각할 게 뭐 있어. 그리고 걱정 마, 이미 말해놓았으니."

결국 하룻밤을 묵었다. 침대도 킹사이즈급으로 그가 직접 만든 것이라 했다. 그의 덩치로 봐선 그 정도는 돼야 할 것 같았다.

난, 마지막 장면에 그의 나이쯤 돼 보이는 말런 브랜도가 심장마비로 죽는 영화, 〈대부〉 3편을 봤다. 정말이지, 감옥에서 영화를 보게 되다니…….

감옥 속 감옥, 감옥 속 호텔. 각기 다른 모양의 마트료시카들이 펼쳐지고 있는 느낌이었다.

11

산드라

아침부터 부산을 떠는 걸 보니, 특별한 날일 것 같았다. 머리를 빗고 옷매무새를 고친 뒤, 다들 뭔가를 하나씩 들고 나갔다. 악명 높은 감옥 이미지를 쇄신하기 위한 문화행사로 매월 마지막 토요일, 가족과 함께하는 소풍날이었다. 들고 있는 것은 짬짬이 만든 공예품들. 쪽쪽, 키스 소리가 들리는 잔디밭 한쪽에선 면회 올 가족이 없거나 형편이 못 되는 죄수들이 자신들이 만든 공예품을 다른 가족에게 팔거나, 그들의 소지품과 교환했다. 페페는 옥수수 껍질과 사탕수수대로 만든 인형으로 한 백인 여성의 핸드백 속 화장품과 바꿨으며, 또 다른 게이인 사무엘은 '아마테'라 불리는 원주민들이 만든 종이에다 새와 나무를 그린 뒤, 잔디밭 저편에 있는 어떤 뚱보녀의 귀걸이를 탐냈다. 그중 시계가 인기였다. 전자시계보다는 태엽시계를 좋아했다. 째깍째깍 소리가 형기 지나가는 느낌을 줘서가 아니라, 건전지를 교체해야만 하는 전자시계를 대빵인 장기수들이 싫어했기 때문이다. 면회 온 이들 중에는 타코를 만들어 다른 죄수들에게 파는 장사꾼도 있었다. 문둥이 콧구멍에 박힌 마늘씨를 빼먹을 일이었다.

진기한 풍경을 넋 놓아 바라보는데, 세사르가 여인 하나를 소개했다. 와이프라고 했다. 거구들은 왜소한 여자를 좋아하나 보다. 얼굴은 예뻤다. 헤수스는 부모, 처자식, 친지 등 대식구 앞에서 입이 찢어져라 좋아했다. 녀석, 보기와는 달리 자상한 남편에 고분고분한 아들이다. 엔리케는 애인인 듯 연신 키스를 해댔는데, 놈의 얼굴이 작아서인지 그녀의 얼굴이 커서인지, 깔려 있는 그녀의 얼굴 반 이상이 날 향해 있었다.

잔잔하게 음악이 흘렀다. 폴 모리아에 이어 슈베르트.

"란체라와 쿰비아, 살사…… 트로피컬 음악이 나오면 함께 춤을 추자고."

페드로까지 신이 나 있었다. 웃겼다. 감옥에서 춤을 추다니. 잠시 뒤 간수 하나가 다가왔다. 그가 가리키는 쪽으로 고개를 돌리니, 날 향해 손을 흔드는 헤라르도의 모습이 보였다. 엉덩이를 털고 다가가 보니 젊은 여인과 사이좋게 앉아 있었다. 딸일 거란 생각이 들었다. 닮아서가 아니라 둘 사이 흐르는 잔잔

하고도 편안한 분위기 때문이었다.

"앉아, 내 막내딸 산드라……. 여긴 한국 친구 강경준."

"반갑습니다."

한눈에 반하는 시간이 3초라 했나. 그녀의 눈빛이 화사해졌다. 아니, 내 눈에서 더 큰 화사함을 그녀가 느꼈기 때문이었을 것이다. 가슴이 뛰었다. 여태 본 적 없는 보석들이 그녀의 눈 속에서 반짝이고 있었다. 헤라르도가 자리를 피해줬다. 좌불안석이었다. 그녀가 좋아서라기보다 어색한 분위기 때문이었다. 그 어색함은 죄수복을 입은 내 모습과 양장을 곱게 차려입은 그녀의 모습과의 대비에서 비롯된 건 아니다. 감옥 밖에서 만났다고 해도 그럴 것이다. 난, 한참 지나서야 발동이 걸리는 타입이다. 상대가 여자일 때는 더욱 그렇다.

태닝한 듯한 까무잡잡한 피부로 그녀의 어머니가 메스티소임을 알았지만, 큰 키에 쭉 빠진 몸매로는 조금 전 그 게르만인이 아버지임을 알았다. 사슴 눈망울에 낙타 눈썹, 버선 콧날, 초승달 미소…… 신의 축복을 받았구나 싶었다.

"의사라 들었습니다만."

"아뇨, 아직 공부 중인걸요. 저는 한국을 잘 모릅니다만, 경준 씨를 보니 한국 사람들 참 예의가 바른 민족일 것 같아요."

"고맙습니다. 사실 전 예의에 관해 잘 모릅니다. 더구나 동서양의 예절 기준이 서로 다를 것 같기도 하구요. 음…… 매월

오시는 건가요?"

"네, 처음 몇 년간 어머니와…… 그리고 가끔은 미국에 있는 언니와 함께 왔습니다. 어머니께서 돌아가신 작년엔, 몇 번 빠졌구요. 근데, 식구들…… 부인이나 애들은 안 왔나요?"

"아니…… 전 아직 결혼도……."

까칠까칠한 내 얼굴에서 실제보다 더 많은 세월을 느꼈던 모양이다.

"이제 스물일곱인걸요……."

"저보다 한 살 아래시네요…… 몇 월생?"

"5월이에요. 황소자리. 그쪽은…… 결혼하셨나요?"

"결혼한 것처럼 보여요?"

"아뇨. 그냥…… 사실 전, 여자 나이를 잘 몰라요."

"못 했어요. 첫째는 공부하느라…… 둘째는……, 아니 이게 첫째가 되겠네요. 마음에 드는 남자가 없었어요. 아니 있었는데, 내가 그쪽 마음에 들지 않았나 봐요."

"아니, 어떤 눈 삔 남자가 산드라 씨를 좋아하지 않습니까?"

"하하, 남자들이 모두 경준 씨 같으면 좋겠네요……."

그녀는 대화 중에도 블라우스 맨 꼭대기 단추를 신경 썼다. 몇 번이고 손가락으로 확인했다.

"한국에선 별자리를 중요시 않습니다. 대신 사주란 걸 보지요. 특히 남녀 간에는 궁합을 중요시합니다. 십이지는 열두 마리 동물을 뜻하는데, 전 닭이고 산드라 씨는 원숭이입니다."

"와, 정말 재밌네요!"

가지런하고도 흰 치아, 어느새 내 두 눈은 그녀의 입술에 가
있었다.

"동물들의 달리기가 있었지요."

열두 동물의 순서에 얽힌 설화를 들려줬다. 동물들에게 지위
를 부여하리라 마음먹은 하늘의 대왕이 그 기준을 어떻게 정할
까 고민하다가, 정월 초하루에 천상의 문에 도달하는 순서대로
지위를 주겠노라 밝히고, 열두 동물 중 소가 가장 부지런해 제
일 먼저 도착하지만, 도착 순간에 머리에 붙어 있던 쥐가 뛰어
내려 통과한다는…….

"호호…… 정말 쥐는 생긴 대로 묘사됐네요."

그녀, 어린애처럼 깔깔 웃었다. 그새 친해졌나. 아니, 이제야
발동이 걸렸나 싶었다.

잠시 후 주위가 술렁거리기 시작했다. 전통음악 란체라가 들
리더니, 살사, 쿰비아, 메렝게 등 신나는 트로피컬 음악이 풀어
졌다. 다들 흥겹게 몸을 흔들기 시작했다.

그녀가 손을 내밀었다. 춤을 못 춘다고 하니 자기는 더 못 춘
다고 했다. 옆에 있던 엔리케와 헤수스 놈이 우우 하며 박수를
쳐대는 바람에, 그녀의 손을 잡을 수밖에 없었다. 서로 발을 밟
으면서, 쿰비아, 살사, 메렝게까지 췄다. 그녀의 몸에서 어린아

이 살내음이 났다. 수선화가 살고 있는 듯, 깊고도 맑은 눈망울. 하지만 진한 우수가 깔려 있었다.

블루스를 출 때쯤, 그녀가 물었다. 언제쯤 나오느냐고. 난, 5년 아니, 빠르면 2년 6개월이라고 답했다. 자기 아버지도 그때쯤 출소할 거라며, 결코 긴 세월이 아니라고 했다. 음악이 멈추고 춤 자리가 흐트러지고, 그녀는 영화 〈초원의 빛〉의 마지막 장면 속 여주인공처럼 내게서 멀어졌다.

감방엘 돌아와보니 시장 바닥 같았다. 페페는 깔깔거리며 지폐 몇 장을 부채처럼 흔들었다. 사무엘 놈은 향수를 얼마나 뿌려댔는지 현기증까지 났다.

신기했다. K를 다시 만난 느낌. 계주를 하듯 K와의 사랑이 진행 중인 느낌.

바지 속에서 실비아 리를 꺼냈다. 감방 신참, 아르만도에게 슬그머니 건넸다.

꿈속에서라도 볼 수 있다면 K. 99, 98, 97······.

12
옴

피륙이나 양탄자를 짜는 일은 기계가 했다. 사람은 북통에 실을 넣거나 실밥을 뜯고 불량품을 손봤다. 난, 그중에서도 가장 단순한 출하 역을 맡게 되었다. 말이 출하지, 그냥 들쳐 메고 뛰는 일이었다. 초짜라 일 같지 않은 일을 시킨다고 하니, 페페 놈, 내가 힘이 좋아 그 일을 맡게 됐을 거라 했다. 더 이상 세사르의 눈치를 보지 않아도 됐다. 페페에 관한 한, 내가 그들 부류가 아니란 사실을 깨달은 듯 보였다.

틈틈이 종이학을 만들었다. 아르만도 놈이 신기하다며 한 마리 뜯어봐도 되냐고 물었다. 대신, 살려놓으라고 했더니 살려놔? 자신 없는데 하면서도 뜯었다. 잠시 뒤 뭔가를 알아냈다는 듯 낄낄거리며 모아둔 종이 몇 장을 슬쩍해갔다. 종이학 앞에서 가장 큰 환호를 지른 녀석은 페페였다. 보자마자 작업장이 떠나갈 정도로 "츠루!"라고 외쳤다. 츠루thuru는 멕시코에서 출하되는 닛산의 승용차 모델명이기도 했다. 필시 녀석은 종이학을 보곤 차 트렁크 쪽 그 새 그림을 떠올렸을 것이다. 난, 페페에게 '학'이라고 발음해보라 했다. 작업시간 내내 "학, 학" 소리 들리고 사이사이 "파하로, 파하로Pájaro" 소리 뒤따랐다. 파하로는 스페인어로 새란 뜻이지만, 모자라는 사람을 빗대어 하는 말이니, 헤수스와 엔리케 놈이 페페를 새대가리라고 놀렸던 셈이다.

저녁 무렵 헤라르도가 잠시 보자고 했다. 아무도 없는 작업장, 쓸쓸하게 느껴졌다. 샴페인 한 병을 터뜨렸다. 농담으로 "Feliz cumpleaños(생일 축하해요)"라고 하니까 "Gracias(고마워)"라고 했다. 몇 순배 돌리다가 싱겁다며 테킬라를 꺼내왔다. 반 병 이상 남은 것이었다. 안주라고 내놓은 피스타치오를 깨물며 누구 생일이냐고 물었다. 답이 없었다. 서너 잔쯤 돌았다. 엄지와 인지 사이에 뿌려둔 소금 몇 알을 혀끝으로 찍더니, 산드라를 어떻게 생각하느냐고 물었다. 깜짝 놀라 어쩔 줄 몰랐다. 그가 날 껴안았다. 182센티미터, 80킬로그램의 작지 않은 내 몸이 폭 싸였다.

"걔도 애인이 없어……. 좋은 애야, 지네 엄마가 살아 있다면 더 밝은 모습일 텐데……. 난 걔가 여기 멕시코 놈과 결혼할까 봐 두려워. 큰딸년은 결국 이혼했잖아. 난 동양인이 좋아, 동양에 관심도 많고……. 그리고 여기 원주민도 동양인이잖아. 그 뿌리가 말이야"

'난, 인도 사람이 아니다. 몽고 사람이다'라고 외치던 목테수마 교수의 말이 떠올랐다.

"중국 사람, 일본 사람, 한국 사람. 같은 종족인가? 도대체 구별이 안 되니……."

"아닙니다. 단지, 한국인만이 여기 원주민과 함께 몽고족입니다"

"하하, 그 옛날 이곳이 한국 사람들의 친척 땅이었던 셈이네"

"지금은 아니란 말입니까?"

정색하고 되묻는 말에 그는 웃기만 했다. 어색해진 난, 그 어색함을 덮으려 따라 웃었다.

"음……, 2차 대전 당시 유대인 학살에 관한 이야기를 듣고 싶은데요……."

웃음이 멈추고 침묵이 깔렸다. 밤공기 흐르는 소리가 쏴 하고 들릴 정도였다. 한참 동안 그랬다.

"걔도 널 좋아하는 것 같아……."

그는 안주로 치즈 조각을 권했다. 둥근 듯 네모난 모양이 작은 신전 기둥처럼 보였다.

"이해가 안 가요. 그렇게 많은, 그것도 무고한 사람들을 살육하다니……. 어찌 그게 가능해요?"

"사귀어봐. 좋은 애야……."

동문서답을 했다. 하지만 겉으로만 그랬다. 내심 서로 충분한 소통을 이루고 있었다. 그는 이야기를 산드라 쪽으로 돌리려 했고, 난, 산드라의 이야기를 듣고 싶었지만 더 이상 기회가 없을 것 같아 하던 이야기의 끝을 보려고 했다. 난, 술의 힘을 빌려 인종 청소라는 명목하에 이뤄진 600만 명에 이르는 유대인 학살은 인간의 광기를 극단적으로 보여준, 역사상 가장 치욕적인 사건이라고 목소리를 높였다.

"오옴……."

그가 갑자기 정좌를 취했다. 난, 그 '옴' 소리가 멎기를 기다렸다. 멎자마자, 포로들을 섹스 파티에 동원시켜 발가벗겨 승마용 채찍으로 때렸던 '부헨발트의 마녀' 일자 코흐에 대해 아는 바를 말했다.

"오옴……."

그의 눈꺼풀이 조금 떨렸다. 베르겐 벨젠 강제수용소. 그 '벨젠의 짐승'으로 불렸던 나치 친위대 사령관 요제프 크라머에 관해 아는 바를 말했다.

"오옴……."

그의 입술이 떨렸다.

"그럼…… 오옴은요?"

그때서야, 입을 열었다.

"오늘, 산드라 생일이야……"

듣고 있던 음악 테이프가 마구 헝클어지는 느낌이었다.

"산드라는 2월 29일 태어났어, 1956년."

4년에 한 번 생일을 맞는 셈? 그래서 첫마디에 날더러 몇 월 생이냐고 물었나? 헤라르도는 마치 수수께끼를 낸 뒤 상대방이 못 풀자, 힌트를 줘볼까 하는 눈빛으로 이야기를 이어나갔다. 어린 시절 산드라는 윤년을 고안한 율리우스 카이사르를 가장 싫어하는 인물로 꼽았다. 그녀의 생일을 3월 1일로 하려 했지만 결벽증이 있는 꼬마 숙녀는 완강히 거부했다. 설상가상 4년 만에 맞는 그녀의 생일에 어머니, 로사마저 죽었다. 세금을 내려고 들어간 은행에 갱들이 들이닥쳤던 것이다. 경찰이 출동하고 영화에서만 보던 총격전이 벌어지고, 튀어오른 유탄에 그녀는 숨졌다.

멕시코에선 2월을 '미친 달febrero loco'이라 칭한다. 바람이 세차게 부는 등, 날씨가 황량해서 그렇다. 2월생은 팔자가 드세다는 말도 여기서 나왔다. 헤라르도 부부가 막내딸 생일을 2월 29일 대신 3월 1일로 하려고 한 이유이기도 했다. 그에게 2월 29일은 딸의 생일이기도 하지만, 아내의 제삿날이기도 하다. 가뜩이나 심란해하는 그를 까다로운 물음으로 더 심란하게 만든 것 같아 미안했다. 무안해함을 눈치챘는지, 애써 웃으며 술 한 병을 꺼내왔다. 풀케Pulque였다.

"무슨 이야기를 하고 있었지? 참, 나치에 관해서였지⋯⋯."

일자 코흐는 직속상관이었던 SS 사령관 카를 코흐의 아내였으며, 연합군 군사재판에서 종신노역을 선고받았다고 했다. 그후 감옥에서 교도관의 아이를 낳은 그녀는 증거불충분으로 종신형에서 4년 징역으로 감형되었으나, 1949년 다시 서독 법정에서 종신형을 받고선 끝내 감옥 창살에다 침대보를 묶어서 자살했노라 했다.

"또 누구지⋯⋯ 그래, 요제프 크라머."

'벨젠의 짐승' 나치 친위대 사령관 요제프 크라머는 몇 번 본적은 있으나 친한 사이는 아니었노라 했다.

"더 알고 싶은 거 있어?"

난, 할 말을 잃고 멍해져 있었다. 그는 뭔가를 찾는 듯 책상서랍을 여닫았다.

"끊어야 하는데⋯⋯."

애써 끊으려는 담배를 찾게 만드는 다음 이야기는 뭘까? 술이 확 깨는 느낌이었다.

"그래, 히틀러⋯⋯."

그의 주장에 따르면, 히틀러는 권력을 위해 발광한 미치광이였지만, 국민을 끔찍이 사랑한 지도자였다. 1차 세계대전 패배는 독일의 경제만 무너뜨린 게 아니라, 독일 국민의 자부심, 긍지, 자신감을 괴멸해버렸다. 하지만 히틀러의 등장으로 독일은 되살아났으며 전무후무한 발전을 이룩할 수 있었다는 것이다.

"폭스바겐 딱정벌레차, 바로 독일 국민을 끔찍이 사랑했던 히틀러가 고안한 것이지. 바로 그 차 때문에 네가 들어오게 됐지만 말이야, 하하하……."

딱정벌레차란 말에 가슴이 조여들었다. 술기운이 가시는 느낌이었다.

"더 있어?"

난, 생각에 빠져 있었다. 고향집, K, 남궁 과장, 세르히오…….

"한잔 더 할까?"

"아닙니다……."

그가 갑자기 겸연쩍어했다. 내 표정을 읽었던 것이다. 이번엔 내가 겸연쩍어했다.

"그 '옴' 소리에 관해 들려주시지요……. 불교의 '옴' 아닌지요?"

"아니야, 피곤하면 자도 돼……."

"아닙니다. 더 듣고 싶습니다."

"정말이야?"

그의 눈에서 빛이 돌았다. 취하지 않았다는 증거였다.

"'옴'은 우주 최초의 소리지."

그는 선자세禪姿勢로 말을 이었다.

"요가 하니?"

"네, 조금…… 합기도 하면서 배웠어요."

뱀 자세라 하면서 몸을 꼬았다. 뱀 자세는 갈비뼈를 확장시켜 폐 기능을 활발하게 해주니, 공해가 심한 멕시코시티 사람들에게 좋은 자세라고 했다. 활 자세라고 하면서 등을 둥글게 말았다. 척추를 유연하게 해주니 자기 같은 노인네에게 좋다고 했다. 물고기 자세라고 하면서 긴 손으로 목을 잡곤 앞으로 주욱 당기는 시늉을 했다. 목을 펴주기 때문에 정신이 맑아진다고 했다.

그의 '옴' 소리는 고요한 연지수蓮池水 같은 고산의 밤공기를 갈랐다. 그 소리를 따라 난, '옴 마니 반메 훔'의 육자진언을 냈다. 우리의 '옴' 소리에 교도소는 절간 같았다.

어느 날 K와 우연히 들렀던 지리산 밑자락의 암자. 30년 독경 끝에 그 절의 주지, 오로지 '관세음보살'만 외치게 되었다던데, 그의 관세음보살은 주어였을까. 주어였다면 관세음보살은 무엇을 어떻게 했단 말일까. 목적어였다면 누가 관세음보살을 어떻게 했단 말일까. 마치 '비가 오다'란 동사인 양, 그 '관세음보살' 하염없이 땅에 떨어지기만 했었는데…….

13
헌 못은 새 못으로 뺀다

　종이학을 접고 있는데 페드로가 어딜 좀 가자고 했다. 정문 쪽이었다. 문을 끼고 도니 또 다른 문이 가로막고 있었다. 처음 보는 문이었다. 아니, 봤을 것이다. 작업장 계단에서 구름만을 바라보던 내 눈이 스쳐 갔을 뿐.

　문 사이를 무장경비들이 판다곰처럼 어슬렁거렸다. 페드로가 그중 총구를 땅에다 박을 듯 들쳐 멘 뚱보와 중얼거렸다. 그치 나를 한 번 훑어보더니 문을 열어주었다. 다시 또 하나의 문이 시야를 막았다. 이번엔 여자 경비가 다가왔다. 내 왼쪽 가슴에 붙은 죄수번호를 확인하더니, 손으로 문 쪽을 가리켰다.

　여감방이었다. 냄새부터 달랐다. 화장품 냄새가 또 다른 냄새와 섞여 야릇했다. 페드로 놈이 웃으며 매달 한 번 하는 그

넘새라 그랬다. 감방의 웅성거림이 한 옥타브 높았다. 페드로의 인기가 하늘을 찔렀다. 곳곳에서 우우 하는 소리가 들려왔다. 몇몇 죄수는 다가와 그를 껴안기까지 했다. 내 얼굴을 유심히 살피던 한 여인이 "오하이오 고자이마스"라고 하자, 벌 떼처럼 내 주위로 몰려들었다.

"와! 이제부터 그 게이 말고 저치가 오는 거야?"

게이는 페페를 두고 하는 말이었다. 여기저기서 "Guapo(잘생겼다)", "Es un galán(멋있다)", "Papacito(아빠)" 하는 소리가 획획 거리는 휘파람 소리와 함께 들려왔다.

"야, 나 보니까, 한번 안 하고 싶냐?"

코미디언 오천평을 닮은 여자가 너스레를 떨었다. 난 웃기만 했다. 다들 손뼉을 치며 그녀의 엉덩이춤에 박자를 맞췄다.

천장 전구와 수도꼭지 몇 개를 갈고 나오는데, 한 여인이 내 바지 주머니에다 뭔가를 쑤셔넣었다. 순간 움칠해져, 뭐냐고 물으니 쉿! 하곤 한쪽 눈을 깜박였다. 이어 와! 하는 환호성이 터지고, 순간 얼굴이 화끈거려 앞서가는 페드로를 따라 황급히 빠져나왔다. 팬티였다. 그것도 한참 해진. 페드로 놈, 능청스레 좋은 선물 받았네 그랬다.

예전에는 8227(죄수번호)과 함께 왔다고 했다. 십여 년 옥살이 뒤 좋아하는 남자가 생겨 아카풀코에서 성전환 수술까지 했지만, 출소 후 1년도 못 돼 죽었다고 했다. 신발을 벗고 운전하는 습관 때문이었으며, 벗어놓은 하이힐이 브레이크에 끼였다고 했다. 터진 미니스커트에 핑크하트 컬칩 레이스가 드려진 블라우스 첫 단추가 풀린 채, 보기에도 야하게 죽었다고 했다. 페드로의 눈에서 그녀, 아니 그에 대한 연민을 느낄 수가 있었다. 관으로 들기 전 하트 문신이 선명하게, 그새 까칠해진 허벅지 털도 깎아줬다고 했다.

엔리케와 헤수스 놈이 발에다 바퀴를 단 양, 내 앞에 섰다.

"재밌었겠어…… 지금도 큰 젖통에 엉덩이 이따만한 여자애들 있던?"

엔리케 놈이 손으로 가슴에다 둥근 원을 그리며 깔깔거리자, 헤수스 놈은 두 팔을 벌려 항아리 쓰다듬는 시늉을 했다.

"아니, 계란프라이만 한 유방을 가진 할머니들밖에 없었어."

내 말에 두 놈 모두 배를 움켜쥐며 웃었다. 그래, 여긴 감옥이 아니다. 적응을 두렵게도, 더럽게도 잘하고 있다, 난.

❦

오후였다. 실 뭉치 등 자재들이 떨어지고 가구가 흔들렸다. 나는 넙치처럼 바닥에 바짝 엎드렸다.

멕시코에선 대문 안쪽에다 종을 단다. 바깥이 아니라 안에다 매다니, 초인종은 아니다. 작업장에도 하나 달려 있다. 딸랑

117

딸랑. 조금 전 그 종이 울렸다.

작업을 중지하라는 멘트가 스피커에서 흘러나왔다. 다들 자세를 낮춰 건물 밖으로 나와, 식당 옆 너럭바위 위에 올랐다.

멕시코에는 지진이 흔하다. 북위 19°선을 따라 화산대가 달리기 때문이다. 포포카테페틀, 이스탁시우아틀, 오리사바 등 5,000미터가 넘는 높은 산봉우리로 둘러싸인 중앙고원엔 계곡, 분지, 호, 늪이 많고 하천 역시 급류라 범람이 잦다.

"여기 지진 무서워. 조심해야 돼. 내 고향 치아파스에 수년 전 큰 지진이 발생해서 집이 무너지고 여동생 하나가 크게 다친 적이 있어."

페드로가 그답지 않게 흥분된 어조로 말했다. 난, 지진보다 그의 가족에 더 관심을 보였다.

"몇이야, 형제?"

"쌍둥이 여동생, 나."

"몇 살이지, 다들?"

하나둘 짤막한 손가락들을 접더니, 내 나이쯤 됐을 거라 했다. 동생들도 예쁘니 출소 후 자기 집을 한번 찾아가보라 했다.

페드로의 고향 치아파스는 매스컴을 많이 타는 곳이다. 인디오들의 권익을 위해 투쟁 중인 라파엘 세바스티안 때문. 프랑스 소르본대학 출신인 라파엘은 멕시코국립대학교에서 철학 강의를 한 적이 있다. 과목명은 서양 근대철학사였으며, 난 그의 수업을 들었었다.

『백 년 동안의 고독』의 도시 마콘도나 『페드로 파라모』의 도시 코말라에는 삼 시제가 혼재한다. 시간의 뭉텅이가 팔자를 그리며 둥글게 도는 것이다. 헤라르도에겐 현재가 과거며 과거가 현재다. 페드로에겐 시간이 무의미하다. 찰리, 세사르, 엔리케, 헤수스에겐 시간이 과장되어 있다. 그중 과거 이야기를 미래의 것인 양 하고, 미래의 것임이 분명하건만 과거의 것인 양 말하는 찰리에겐 삼 시제가 혼재하는 느낌이다. 그럼 나에겐?

내 시간은 막혀버린 듯 나아가지 않았다. 현재가 미래를 향한 현재가 아닌 듯했다. 하지만 산드라와 만난 뒤 변화가 오고 있음을 느낀다. 시계 바늘들은 더 큰 숫자를 향해 나아가기 시작한다. 진정 미래를 향한 현 시제로 사랑을 느낀다.

편지로 종이학을 만든다. 석방될 때쯤, 천 마리의 전령 학이 알을 깨고 나올 것이다. 헤라르도에게 천 번을 접으면 진정 학이 된다는 얘기를 들려줬더니, 신은 왜 인간에게 날개를 달아주지 않았을까 했다. 신은 인간의 교만을 미워한 나머지 인간이 가진 것 중 가장 고귀한 것을 빼앗아 숨기려고 했다. 어디에다 숨길까, 고민하던 신은 높고 깊은 산과 바다, 하늘은 인간들이 탐험하려 들지만, 정작 가까운 자기 마음속을 들여다보는 덴 인색하다는 것을 알고, 그 행복이란 보물을 마음속에 두게 됐다. 마음속을 여행하는 덴 날개가 필요 없지 않나? 그답게

너털웃음을 지으며 되물었다.

❦

산드라가 하숙집에서 내 소지품을 챙겨왔다. 주로 책이었으며, 옷가지는 그녀의 집에다 보관하겠노라 그랬다. 병역수첩에 붙어 있던 내 사진을 떼어서 그녀에게 줬다. 입영 전날 찍었던 것이다. 사진을 보다가 함박웃음을 지으며, "미남이야" 하곤 뺨에 키스를 했다.

"이건 불가능해. 어떻게 이런 걸 다 만들 수 있어? 경준 씬 천잰가 봐. 근데 글씨가 적혀 있는데?"

언제부터 서로를 당신이 아닌 너라고 부르기 시작했다.

"응, 너에게 보내는 편지. 하지만 지금은 열어보지 마. 천 마리를 완성한 다음 읽게 해줄게."

"아이, 궁금해서 죽겠네. 근데, 한 마리 만드는 데 얼마나 걸려?"

"5분 정도…… 한국엔 전설이 있지. 천 마리를 접으면 학이 된다는."

"정말?"

"그래…… 내가 천 개를 만들게. 그땐, 우리 학을 타고 날아가는 거다. 아주 멀리…… 우리 둘만의 세상으로."

"아이, 좋아라! 그날이 빨리 왔으면."

"사랑해, 산드라."

"응, 나도 사랑해."

내 시간은 달력 속의 시간이 되어야만 한다. 종이학도 직선적인 시간 속에서 만들어지고 있다. 어제가 내일의 꼬리를 물고 내일이 오늘의 꼬리를 물어선 안 된다. 세월 역시 그렇게 흐를 것이다. 그런 의미에서 K는 과거일 수밖에 없다. 스페인 속담에도 있지 않은가. '헌 못은 새 못으로 뺄 수밖에 없다.'

14

탈옥 아닌 탈출

302번째 종이학을 접던 아침이었다.

독립기념일에 특별면회가 있었지만, 산드라는 오지 않았다. 병원 일이 고된가 보다. 그녀는 집에서 나와 근처 호텔에 묵고 있다. 호텔 레히스는 4성급 호텔로 가격 대비, 위치와 시설이 좋아 장기 투숙객이 많은 편이다. 통역 아르바이트를 하던 중 몇 번 가본 적이 있다.

창 너머 안개가 짙었다. 샤워를 마치고 곧바로 식당엘 갔다. 오랜만에 찰리와 세사르가 함께 있었다. 둘은 좀처럼 줄을 서지 않는데 이상했다. 아니나 다를까, 줄 중간쯤 있는 엔리케 놈과 얘기하기 위해서였다.

창문으로 담 너머를 봤다. 묵은 안개가 걷히면 포포카테페틀까지 볼 수 있다지만, 150킬로미터 이상 떨어진 거리에 세계 최악의 공해까지 감안한다면 불가능하지 않을까. 하지만 내 눈은 더 멀리 조국에 맞춰져 있었다.

고향 생각에 잠긴 지 몇 분, 아니 몇 초나 지났을까. 몸이 흔들렸다. 놀이기구를 탄 양, 아주 심하게.

"지진이야!"

건물은 난파선처럼 흔들렸다. 창틀 밖으로 머리가 나갔다가, 들어왔다. 무엇이든 잡고 싶었지만 쉽지가 않았다. 몸통과 몸통들이 부딪혔다. 이곳저곳에서 비명이 들려왔다. 불과 일이 분사이에 아수라장이 돼버렸다. 교도관들도 정신이 없어 대피방송조차 제대로 못했다. 서둘러 입구 쪽으로 몰려가다가 넘어졌으며, 넘어지면 짓밟았고 짓밟혔다.

안개 사이로 일단의 무리가 담 쪽으로 줄지어 가더니, 개수대 구멍으로 물 빠지듯 사라졌다. 5층 높이의 담벼락 밑이 뚫렸다. 머리만 굽히면 빠져나갈 수 있을 정도로 크게. 담 외부 쪽 가파른 땅의 일부가 지진에 떨어져나간 것이다.

탈옥이 시작됐다. 낭떠러지건만 다들 사생결단으로 굴렀다. 탈옥? 망설여졌다. 아니야, 감옥생활도 할 만해. 아니야, 죄도 없이 끌려왔는데, 탈옥이 아니라 탈출이야. 매번 왜 이러나. 왜 중요한 결정을 내릴 때마다 나에겐 시간이 주어지지 않나.

누가 툭 치며 가자고 했다. 찰리였다. 그렇지 않아도 선택의 여지가 없었다. 사이렌 소리, 교도관 호각 소리, 등 뒤에서 들려오는 무지막지한 총소리. 그때였다. 갑자기 엄청난 폭발음이 식당 쪽에서 들려왔다. 높이 치솟는 불기둥으로 봐선 누군가가 가스통을 폭발시킨 모양이었다. 헤라르도였다. 거구가 양팔을 흔들고 있으니, 멀리서도 잘 보였다. 순간 되돌아가려 했다. 하지만 이미 발포가 시작되어 뒤의 치들이 총을 맞고 쓰러져가고 있었다. 내 이름 부르는 소리가 들렸다.

"경준! 페페를 부탁해!"

페드로였다.

"아니, 그러지 말고 함께 나가자!"

페드로는 페페를 건네곤 두 손을 잡으며 "치아파스로 가라"고 했다. 눈물이 핑 돌았다. 그래, 네 고향에 꼭 들르마…….

다들 컨베이어 포장육처럼 떨어졌다. 차례가 왔다. 결단을 내려야만 했다. 십 미터 정도의 낭떠러지, 그 뒤엔 또다시 백 미터 이상의 급경사. 난 무서워 뒤돌아 가려는 페페를 안고 뛰었다. 낙법을 쳤더니 왼쪽 발목이 시큰거렸다. 페페 놈, 아주 괜찮아 보였건만, 울음보를 터뜨렸다. 이렇게 심약한 놈이 어떻게 살인을 했을까. 마약을 먹었던지, 나처럼 왕창 뒤집어썼던지 했을 거야. 궁금해서 물을 양이면 홱 하고 뾰로통해지니, 사연을 알 방법이 있어야지.

평지에 다다라선 다들 여러 갈래로 흩어졌다. 난 그중 가장 큰 무리를 따랐다.

건조한 땅은 걸음마다 먼지를 피웠다. 나무라곤 띄엄띄엄 사람 키보다 작은 선인장뿐이었으니, 총소리가 고막이 찢어져라 들려와도 숨을 곳이 없었다.

✿

"세사르다!"

정말 페페의 말처럼 북극곰 같은 세사르가 보였다. 뛰어가보니 신참 아르만도만 빼고 감방 식구들이 죄다 모여 있었다. 사이렌 소리가 울렸지만 동구 밖 개 짖는 소리만큼 희미하게 들렸다. 민가가 보이기 시작하고, 길섶에는 차들이 띄엄띄엄 주차되어 있었다.

"방법은 단 하나!"

세사르가 길을 비켜달라는 폭스바겐 승합차 앞에 섰다. 놀란 운전수는 경적을 울려댔지만 헤수스 놈이 다가가 허리춤에서 칼을 빼내니, 솜브레로(챙이 넓은 멕시코 전통모자)를 눌러쓴 운전수는 핸들을 내놓을 수밖에 없었다.

"모두 타!"

짐짝처럼 포개져 갔다. 차는 버거운 듯, 좀처럼 고단 기어를 넣지 못했다. 스무 명은 더 탄 것 같았다. 그중 두 명은 사복 차림을 한 미결수였다. 얼굴이 험악하지 않은 걸로 봐선 강력범은 아닌 것 같았다. 마을 곳곳에 지진피해가 역력했다. 폭삭 내려앉은 집 마당에 구아바나무가 뿌리째 뽑혀 있었다. 세사르가 클랙슨을 울렸다. 찰리였다. 차에 오르자마자 그는 라디오를 켜보라고 했다. 리히터 규모 8.1의 대지진이었다. 지금까지 25만 가구 이상이 피해를 봤으며, 8,000명가량이 숨진 것으로 보도됐다. 멕시코 중심지가 집중적으로 피해를 입었다는데, 산드라는 무사할까? 찍찍거리는 라디오 소리에 귀를 기울여봤지만, 탈옥에 관해선 아무 말이 없었다. 그 와중에도 떠버리 헤수스는 휘파람을 불어댔고, 철없는 사무엘은 싱글거렸다. 라울이 안 보이기에 페페에게 물으니, 어깨를 올린 채 눈을 찡그리는 녀석만의 제스처로 세사르의 눈치를 봤다. 사무엘이 내 귀에다 린치라고 했다. 식당 맨홀 구멍에다 박아놓곤 하루에 빵 한 개씩 던져준 지 3일이 지났다는 것이다.

"조용히! ……라디오 들어봐!"

찰리의 말에 다들 숨을 죽였다. 탈옥에 관해서였다. 124명 중 절반 이상이 체포되었다고 했다. 이어 명단이 흘러나왔다. 내 이름이 멕시코 전역에 방송되고 있었다. 〈24 Horas〉 뉴스 채널에서도 방송할지 몰랐다. 그렇다면 중남미, 아니 세계 도처에 방송될 터였다.

사이렌 소리가 들렸다. 누가 구급차일 거라고 하니, 찰리가 경찰차라고 했다. 처음부터 따라붙은 것인지, 아님 그냥 지나칠 것인지 알 수 없었지만, 그렇다고 무작정 나아갈 수만도 없었다.

두 갈래였다. 한 쪽은 외곽지대인 파추카, 다른 쪽은 시티 중앙부. 망설이던 중 세사르가 복잡한 시내 쪽이 안전하지 않을까 말하자 찰리가 파추카 쪽으로 꺾으라고 했다. 어차피 확실치 않을 바엔 망설일 필요가 없었다. 보스 격인 찰리의 말을 따르기로 했다.

1킬로미터나 갔을까? 찰리, 차 한 대 겨우 지나갈 비포장도로로 빠지라고 했다. 흔들리는 차창 사이로 마을이 보였다. 차는 나무가 울창한 곳으로 파고들었다. 과수원이었다. 망고, 구아바, 바나나가 탐스럽게 열려 있었다. 와중에도 군침이 돌았다.

잠시 뒤, 정말 도로 위에 차 한 대가 사이렌을 울리며 지나갔다. 찰리의 말대로 경찰차였다. 사이렌 소리 멀어지자 이번엔 찰리, 시내 쪽으로 핸들을 꺾으라고 했다.

마치 전쟁터 같았다. 폭삭 내려앉은 건물에 갈라진 아스팔트, 곳곳에서 구급차 소리가 들려오고 들것에는 부상자들이 실려나왔다. 오, 신이시여, 그녀만 무사하다면 난, 아무래도 좋습니다!

찰리, 북적거리는 시장으로 가자고 했다. 가장 가까운 곳은 한국의 남대문시장 같은 테피토Tepito. 차로 갈 수 있는 데까지

가보기로 했다. 가리발디광장 앞에 바리케이트가 처져 있었다. 일단 차를 후미진 곳에 세워두고 주변을 살피기로 했다.

사방에 무장경찰이 깔려 있었다. 찰리, 미결수 둘에게 옷을 벗으라고 했다. 옷을 엔리케와 헤수스에게 던져주며 말했다.

"갈아입고, 빨리 옷들을 구해 와."

"돈은?"

헤수스가 돈이 없는데 어떻게 옷을 구해오나 하고, 투덜거렸다.

"모두, 가진 것 다 내놔!"

세사르가 끼어들었다. 돈이 있을 리가 만무했다. 있다 한들 감방 속 자기만의 비밀 장소에다 꼬불쳐 뒀을 것이다.

"야, 돈 있는 놈들, 빨리 내놔……."

찰리가 쌍심지를 켜대니 놀랍게도 양말 속에서, 신발 깔창 속에서, 꼬깃꼬깃 지폐들이 나왔다.

내겐 돈이 없었다. 종이학만 접느라 공예품도 못 만들었다.

"가장 싼 옷으로, 그리고 모두 대짜로 사와. 일단 윗옷부터 사고 나머지 돈으로 바지를, 그래도 남으면 모자를 사. 앞으로 5분이야. 그때까지 안 오면 알아서 해. 의리 없이 돈만 갖고 튄다면, 약속한다. 지옥까지 따라가서 죽여준다."

따라나서려고 하니 세사르가 "브루스 리, 넌 복장을 떠나 너무 튄다"며 말렸다. 찰리, 허리춤에서 칼 한 자루를 빼내더니 헤수스에게 건넸다.

엔리케와 헤수스 놈, 사제복이 썩 잘 어울린다. 하나는 베이지색 남방에 카키색 바지, 또 하나는 파스텔톤 줄무늬 티셔츠에 크림색 바지. 얼마 만에 입어보는 사복일까. 둘은 아수라장을 비집고 점이 되고 있었다.

무엇이 다른가. 바깥세상이 오히려 더 감옥일 수 있는데. 독방의 바퀴벌레처럼, 침묵하는 페드로처럼, 먼저 마음의 감옥에서 자유로워졌으면. 산드라는 무사할까? 몸서리치도록 보고 싶은데.

마지노 시간이 지난 지 오래. 좀처럼 나타날 줄 모르는 엔리케와 헤수스. 결단을 내려야 할 시점이었다. 찰리는 촛불 같은 우리의 시선을, 우리는 알전구 같은 그의 눈동자를 살폈다. 우리의 표정을 또박또박 점자 읽듯 읽어나가던 그가 뜻밖에도 각자 갈 길을 가자고 했다. 각자 갈 길? 그렇다면 내가 가야 할 길은?

좀 더 기다려보겠다는 세사르에게 찰리는 이별의 포옹을 했다. 이어 내 머리를 쓰다듬곤 자긴 잡혀도 어차피 종신형일 테지만 난, 잡혀선 안 된다며 한참 동안 다짐을 하듯 내 눈을 뚫어져라 봤다. 코끝이 시큰거렸다. 무리 중 절반 가까이 찰리를 따라나섰지만, 찢어지는 게 안전하다며 뒤돌아섰다. 항해 도중 선장을 잃어버린 선원들처럼 우린 당황했다. 하지만 그러고 있을 수만은 없었다. 난, 세사르에게 헤수스와 엔리케를 찾아 나설 테니 10분만 달라고 했다. 페페가 따라나서자 뜻밖에 그렇게 하라 했다.

페페와 난 시장 깊숙이 들어갔다. 사람들의 시선이 모두 내게로 쏠리는 듯했다. 그럴 것이다. 동양인 몽타주에 죄수복까지 뒤집어 입었으니 말이다.

시장은 큰 피해를 본 것 같진 않았지만, 가게 대부분이 닫혀 있었다. 드문드문 열린 가게도 영업을 위해서가 아니라, 피해를 살피기 위해서인 것 같았다.

헤수스와 엔리케가 옷을 샀다면 여기쯤일 텐데……. 그렇다면 시간상으론 한참 전에 돌아왔어야만 했다. 찰리 말대로 돈을 갖고 튄 건 아닐까? 이런저런 생각을 하는데, 무장경찰 서넛이 저쪽에서 오고 있었다. 그중 하나가 우리를 불렀다.

"페페, 도망쳐!"

전력을 다해 질주했다. 페페가 따라오지 못했다. 난 모퉁이를 돌아서, 벽에 붙었다. 잠시 뒤 페페가 헐떡거리며 돌았다. 경찰 하나가 따라 돌 때 놈의 다리를 오른발로 걸었다. 쓰러지는 놈의 얼굴을 앞발로 찍으니 입에서 핏덩이가 쏟아졌다. 또 한 놈이 돌았다. 이단 옆차기로 가슴을 찼다. 반대편 벽 쪽에 머리를 부딪곤 고꾸라졌다.

좁은 골목길에서 터지는 총소리는 시장 바닥의 뻥튀기 소리

보다 몇 배 크게 들렸다. 힘이 빠졌다. 맞았나? 정작 총 맞은 사람은 총소릴 못 듣는다던데. 달리면서 머리부터 발끝까지 만져 봤다.

따라붙는 경찰 수가 더 늘었다. 페페가 문제였다. 숨을 헐떡이며 더 이상 못 뛰겠다고 했다. 나만 살겠다고 버려두고 갈 수는 없었다. 아, 여기서 끝인가. 무턱대고 페페의 팔을 끌어당겨, 건물 속으로 들어갔다.

분위기로는 학교인 듯했다. 그것도 대학교. 식민지 시대 건물로서 지은 지 수백 년은 돼 보였다. 어디서 본 듯한데……. 그래, 왔었다. 클라우스트로 데 소르후아나 예술대학. 단지 후문으로 들어와 낯설게 보였을 뿐이다. '이유도 없이 여자 탓만 하는 어리석은 남자들'이란 시 구절로 유명한 델라 크루스 수녀가 머물렀던 곳이다. 조용했으며, 건물도 피해를 입지 않은 듯 온전하게 보였다.

빈 강의실이라도 들어가 숨으려 하자, 잠자코 매미처럼 붙어 있던 페페 녀석이 다짜고짜 화장실로 들어가자고 했다. 무슨 뚱딴지같은 소린가 했지만, 왈가왈부할 시간이 없었다. 양성평등을 외치는 페미니스트들이 유니섹스 화장실로 사용하던 곳이다. 문을 여니, 벽이 동성애자들의 권익보호를 외치는 낙서로 황칠되어 있었다. 대여섯 칸막이 중, 제일 후미진 곳으로 들어갔다. 일단 페페 녀석을 변기 위에 앉히곤 숨을 골랐다.

탈옥한 것이 후회되었다. 아니, 탈옥한 게 아니라, 밀려나온 것이다. 밀려나왔다고 생각하니 더욱 허망했다.

페페 녀석, 갑자기 옷을 벗더니 나보고도 벗으라고 했다. 난, 녀석이 미쳐버렸다고 생각했다. 하지만 녀석, 무조건 그렇게 하라고 했다. 가느다란 손가락으로 내 신발을 벗기더니 휙 던졌다. 변기 위에 걸터앉더니 날더러 자기 몸 위로 올라오라고 했다. 아니, 지금이 어떤 상황인데……. 하지만 소리 지를 형편도 못 됐고, 따질 겨를도 없었다.

자세를 취하니 정말 가관이었다. 녀석, 정말 이 짓을 많이 했나 보다.

쿵쿵, 누군가 계단 오르는 소리가 들렸다. 페페 녀석, 정말 흥분이 되는지 교성까지 질렀다. 이제 모든 게 끝이다. 이 상황에서 흥분까지 하다니……. 피가 거꾸로 치솟았다. 난, 손으로 녀석의 입을 틀어막았다.

"페페, 정신 좀 차려, 제발."

칸막이 화장실은 용무를 보는 사람의 다리가 밖에서 보이도록, 문 하단부가 30센티미터쯤 잘려져 있었다.

마침내 문 두드리는 소리가 들렸다.

"아으, 아이 으음……."

아랑곳하지 않고 교성을 마음껏 지르는 페페. 누가 들어도 오르가슴 소리였다. 경찰 놈들의 눈에 네 개의 벌거숭이 다리가 포르노의 한 장면처럼 얽히고설켰을 것이다. 근데 페페 놈, 연신 한쪽 눈을 깜빡이는 게 아닌가.

"제발 호텔로 가주쇼! 나 원……."

히히, 소리 들리고 문이 닫혔다.

페페란 놈, 다시 봐야겠다. 놀려대던 헤수스와 엔리케 놈들이 되레 새대가리일 것 같았다.

"이제, 어쩌나…… 다시 차로 돌아갈까?"

"그 옷가게에서 옷을 슬쩍하자. 그리고……."

"그리고, 그리고……? 이 바보 같은 놈아! 그러다 잡히면, 옷 훔친 죄로만 감옥엘 가냐? 넌, 정말 이럴 땐 새대가리야."

멀리 콤비가 보였다. 페페와 난, 반갑게 차 쪽으로 뛰었다.

"꼼짝 마! 머리 위로 손 올려!"

15
소나무와 애니깽

찰리까지 잡혀 있었다. 엔리케와 헤수스는 돈을 갖고 튄 게 아니었다. 옷만 사면 될 일을 돈까지 빼앗으려 들다가 경찰에 붙잡혔다. 잠시 뒤 어디서 본 듯한 이들이 호송차에 올랐다.

"너와 비슷한 녀석이 잡혔다는 소릴 듣고 반신반의했지. 근데 정말이네, 흐흐……."

얌생이의 말끝에 땡중이 곁장구를 치며 엄지를 올린 뒤 아래로 처박았다.

"나쁜 새끼들, 내, 네놈들을 죽이고 말 테다."

"어럽쇼, 죽인다고…… 이 새끼가 어디서 주둥이를 나불거려…… 어디 너나 죽어봐라."

이빨을 문 채 갈기는 얌생이의 주먹은 돌 같았다.

"언젠간 네놈들의 목을 따버릴 테다!"

흥분한 나머지 난, 우리말로 했다. 속이 시원했다. 놈들이 잠시 어리둥절해 있었다. 곧 '우캉쿤캉' 자기네들끼리 한국말이라며 흉내 냈다. 땡중은 목을 조르고 얌생이는 발로 찼다. 명치에 맞았다. 숨을 못 쉬며 괴로워하는 날 보더니 세사르가 끼어들었다. 하지만 눈 깜짝할 사이에 얌생이의 권총 자루에 맞고선 쓰러졌다.

"됐어, 그만해."

신기했다. 지켜보던 찰리의 한마디에 놈들이 순해졌다. 대다수의 경찰간부들이 찰리의 동생 에마누엘에게 상납을 받아서일까?

호송차는 다시 나우칼판으로 향했다. 대통령궁이 있는 소칼로광장을 빠져나와 중앙통인 레포르마 쪽으로 가고 있었다. 몇 킬로미터만 더 가면 산드라가 묵고 있는 레히스 호텔이 나올 터였다. 분명 차는 그 부근을 지나고 있건만 호텔은 보이지 않았다. 믿을 수가 없었다. 눈을 감았다가 다시 떴다. 신기루처럼 12층이었던 호텔이 땅 밑으로 꺼져버려 3층이 돼 있었다. 옥상에 있던 간판, REGIS의 RE가 떨어져나가고, GIS만이 3층 높이에 삐딱하게 붙어 있었다. 이럴 수가! 제발 그녀, 저 더미 속에 없어야 할 텐데…….

차는 인수르헨테 쪽으로 빠져나가기 위해 일방통행으로 접어들었다. 200미터나 갔을까. 구조차량이 막고 있었다. 그 앞엔 무궤도 전차인 트롤레 버스가 흐트러져 있었다. 후진으로 빠져나오려는데, 다른 구조차량이 붙어버렸다. 운전수가 클랙슨을 울려댔다. 그때였다. 차가 요동을 쳤다. 여진이었다. 아니 또 다른 지진이었다. 무너질 듯 무너지지 않던 건물들이 마구 무너졌다. 옆의 건물들이 무너지면서 콘크리트 더미가 앞 구조차량의 뒤편 지붕을 쳤다. 호송차 정면에 더미 하나가 떨어지자, 차 뒤편이 올랐다. 차량 폭발음이 대포 소리처럼 들려오고, 곳곳에서 불기둥이 솟았다. 수갑이 채워져 팔목이 끊어질 듯 아팠지만 웅크린 채 있었기에 오히려 큰 부상을 피할 수 있었다.

다가가 보니, 호송차 앞 칸과 뒤 칸 사이의 방탄막이 깨져 있었다. 페페 녀석, 언제 그곳을 다녀왔는지 작은 목소리로 앞의 치들이 죽은 것 같다고 했다. 세사르, 그 말에 눈을 번쩍 뜨더니 쫓아가 앞 칸을 확인했다.

"탈출이다!"

세사르의 외침에 다들 창문을 깨고 도망치기 시작했다. 큰 구멍이 났는데도 수갑을 차서인지 쉽지가 않았다. 세사르와 찰리는 모두 빠져나간 뒤 나갈 생각인지 뒤편에 서 있었다. 엔리케와 헤수스도 둘의 눈치를 보며 뒤편으로 빠졌다. 사무엘이 빠져나가고, 페페 차례였건만 쾅! 하는 소리가 들렸다. 순간, 넘어지는 페페를 안으려 들었지만 수갑 때문에 여의치가 않았다.

또다시 총알이 날아들었다. 페페를 부둥켜안고 있던 세사르가 맞았다. 연이어 터지는 총소리에 엔리케와 헤수스가 차례로 쓰러졌다.

잠시 소강상태가 이어졌다. 차 바닥에 바싹 붙어 포복으로 운전석 쪽으로 다가갔다. 찰리가 뒤를 이었다. 총을 쏜 치는 얌생이였다. 한쪽 다리가 차 프레임에 끼여 빼내질 못하고 있었다. 살금살금 다가갔다. 덮치려는 순간 발을 헛디디고 말았다. 얌생이 놈, 총을 집어 내 얼굴에 가져왔다. 찰리가 놈을 향해 몸을 던졌다. 쾅! 하고 또 한 발이 터졌다. 기절해 있던 땡중이었다. 순간 내 몸에 맞았나 생각했다. 하지만 맞은 이는 찰리였다. 곧장 놈의 머리를 앞발로 찍었다. 다시 권총을 주우려는 놈의 가슴을 머리로 박고 무릎으로 쳐올리니, 입에서 핏덩이가 쏟아졌다. 수갑을 풀 열쇠를 달라 했다. 얌생이 놈, 땡중이 열쇠를 갖고 있다고 했다. 땡중 있는 쪽으로 고개를 돌리는 순간 얌생이 놈, 또다시 내 손목을 치곤 권총을 빼앗았다. 하지만 찰리의 옆차기 한 방에 나가떨어졌다.

"시간이 없어. 빨리 쏴!"

찰리는 방아쇠를 당기라 했지만, 그게 쉬운 일인가. 답답해하던 찰리, 결국 내게서 총을 빼앗아 얌생이의 이마에다 겨누었다. 그때서야 놈은 열쇠 꾸러미를 안주머니에서 꺼냈다.

얌생이와 땡중의 팔목에다 수갑을 채운 뒤, 차 핸들에다 수갑 두 개를 걸었다.

뒤 칸을 보니 온통 피바다였다. 죽은 세사르의 가슴에 안긴 페페가 숨을 몰아쉬고 있었다.

"정신 차려, 페페!"

페페는 녹슨 철문을 열듯 힘겹게 눈을 뜨곤 날, 라몬이라 불렀다.

"나, 경준이야, 페페……."

"그래, 경준…… 나 죽고 싶지 않아, 오래 살고 싶어……."

"그래, 넌 살 거야. 아주 오래…… 근데, 라몬이 누구야?"

"라몬? 으음…… 하나밖에 없는 내 애인……. 그이 대신 감옥엘 왔지……."

페페의 숨이 가빠졌다. 흰자위가 반 이상 드러난 눈은 한겨울 초승달 같았다. 깊은 나락으로 떨어지는 양, 내 팔을 붙들었다. 오그라드는 팔다리를 연신 주물렀다.

"하지만…… 지금까지 한 번도 후회한 적이 없어…… 라몬은 나에게 하늘이자, 목숨이지……."

애인 이야기에 순간 행복한지 미소까지 띠었다. 날더러 좋아했노라 했다. 성격, 분위기, 마음씨가 라몬과 닮았다며, 처음 본 순간 나에게서 라몬을 느꼈노라 했다. 숨어들었던 화장실에서도 정말 흥분이 되더라고 했다.

"부탁인데, 전해줘. 진정 사랑했다고, 죽도록 사랑했다고……."

"네가 직접 말하렴. 넌 죽지 않을 거니까……."

"부디 라몬에게, 라몬에게……."

"그를 어떻게 찾아? 세상에 라몬이 얼마나 많은데……."

"내 애인, 라몬은 세상에 하나밖에 없어…… 제일 잘생겼지……. 으음…… 그러니 아주 찾기 쉬울 거야……. 세상에서 가장 멋있는 남자만 찾으면 되거든……."

페페의 호흡이 갈수록 거칠어져 갔다. 마지막 경련이 시작되고, 입이 벌어졌다. 초점 잃은 두 눈을 해질녘 창 닫듯, 내려줬다. 뜨거운 눈물이 쏟아졌다. 찰리도 그답지 않게 훌쩍거렸다.

페페가 날 보고 라몬을 떠올렸듯, 나는 산드라를 보고 K를 떠올렸다. 그러나 더 이상 산드라에게서 K를 찾을 필요가 없다.

🌢

옷을 찢어 찰리의 왼쪽 팔뚝을 묶어줬다.

"경찰 놈의 새끼들, 여기만 쏘고 있어. 샤앙……."

그때서야 찰리의 왼쪽 팔뚝에 있는 흉터 또한 총알 자국임을 알았다.

"운 좋아, 아님 심장에 맞았을 텐데……."

어느 시체에서 벗겨왔는지 찰리가 경찰복 상의 하나를 나에게 건넸다.

"필요 없으면 좋겠지만, 혹시 모르니……."

권총까지 건넸다.

"너나 가져, 난 쏠 줄도 몰라."

그 말에 찰리, 뒷주머니에다 권총을 찔러넣었다.

"행운을 빈다."

그가 날 껴안았다.

"응, 그래, 행운을……."

차 밖으로 나오다가, 뒤 타이어에서 헤수스의 시체를 봤다. 눈을 감겨준 뒤 잠시 명복을 빌었다.

안녕! 동음이의어지만 우리 만났을 때 나누었던 낱말로 헤어진다. 평소에도 서로 다른 억양으로 숱한 이별 연습을 하지 않았더냐. 만날 때 이별이 정해진다 하여도, 이별 또한 만남의 일부라 하여도, 또 다른 만남을 위한 이별이 아닌 한, 그 이별 착할 것 같지 않구나. 삼천리강산의 소나무와 멕시코 유카탄의 애니깽이 사랑을 하면, 침묵은 속삭임이 되고 하나의 몸짓은 웅변이 되는가. 잘 가라, 친구야!

16
데린저

레히스 호텔 가까이 갔다. 생지옥이었다. 즐비한 시체들, 구급차도 어쩔 줄 몰라 했다. 아스팔트는 불쑥 치솟거나 함몰돼, 포탄 세례를 받은 것 같았다. 파손된 차량들이 장난감처럼 널브러져 있어, 현장에 접근할 수가 없었다. 다시 한 번 그녀가 그 더미에서 발견되지 않기만을 바랄 뿐이었다.

발길을 돌렸다. 오스피탈 헤네랄까지는 약 20킬로미터. 지하철, 트롤레 버스 등 대중교통은 마비돼버렸다. 배가 고팠다. 온종일 먹은 것이라곤 닭고기 수프 한 종지와 토르티야 석 장뿐.

걸었다. 그녀를 생각하며. 첫날부터 마지막 날까지. 그녀의 눈 속 그 수선화 꽃망울에 맺혔던 이슬.

지하철역 독토레스 베르티스 가까이에서 창문이 열린 차를 만났다. 새것 같은 쉐보레 사이테이션. 뒤창에 달려 표시와 전화번호가 붙은 걸로 봐선 팔려고 내놓은 차였다. 가까이 가보니 시동까지 걸려 있었건만, 차 안에는 아무도 없었다. 근데, 내가 왜…… 이러면 안 되는데……. 심장이 뛰었다.

무작정 1단 기어를 넣는데, 뒤에서 "뭐야!" 하는 소리가 들렸다. 뒤편 담벼락에 서 있던 차 주인을 못 봤던 것이다. 사정없이 액셀을 밟았다. 이제 정말 차 도둑이 돼버렸구나.

9개월 동안의 감옥생활이 비디오처럼 재생됐다. 젊은 시절의 고생은 사서도 한다지만 이 고생, 정말 가치 있는 걸까.

무너져버린 시티의 스카이라인 위로 떠오르는 달. 그 아래, 페페, 세사르, 엔리케, 헤수스, 헤라르도, 페드로, 찰리……. 도심의 폐허가 여울지는 차창에 정겨운 얼굴들, 낙엽 되어 떨어졌다.

❧

멀리 오스피탈 헤네랄 간판이 보였다. 주변 건물 중 유일하게 불을 밝히고 있었다. 병원 역시 지진을 피해가지 못했다. 신관 건물은 반 이상 무너졌고, 구관도 군데군데 균열이 가 있었다. 뒤편 골목에다 차를 주차시켰다. 구급차들이 앞다투어 도착했다. 참혹했다. 들것에 실려오는 환자 옆엔 절단된 다리가 의족처럼 놓여 있었다.

흰 가운을 입은 여의사들이 모두 산드라로 보였다. 그중 금발녀에게 산드라를 아느냐고 물었다. "산드라 슈마처?"라고 하더니, 길게 얘기할 짬이 없다며 손가락으로 땅바닥을 가리키곤 갈 길을 가려 했다. 지하? 하고 되물으니 그녀, 게걸음으로 가다가 병실이 모자라 영안실을 병실로 쓰고 있다고 덧붙였다.

아무리 둘러봐도 그녀는 보이지 않았다. 아니, 의사는 없었고 간호사들만 있었다. 그중 가장 연륜이 있어 보이는 이에게 다가갔다.

"산드라 슈마처 말인가요?"

"네, 그래요……"

간호사는 유심히 내 옷을 살폈다.

"경찰이세요?"

그때서야, 경찰복을 입고 있다는 걸 깨달았다.

"아, 예…… 구조대입니다."

간호사는 고개를 끄떡이더니, 볼펜을 쥔 손으로 반대편 구석을 가리켰다. 얼핏 거기엔 의사가 없었다.

"실례지만 어디에……?"

간호사는 이미 사라지고 없었다. 도둑이 안방 서랍을 열듯 조심스레 다가갔다. 모자란 침상 탓인지 환자 몇이 땅바닥에 누워 링거를 맞고 있었다. 끝까지 가봤지만 산드라는 없었다.

다시 돌아오는데, 어느 병상 앞에서 이상한 느낌을 받았다.

"산드라!"

고무호스를 빼곡 코에다 꽂은 그녀는 답이 없었다. 현기증이 났다. 정신을 차리려고 머리를 흔들었다. 그녀의 머리맡에 놓인 오실로그래프 숫자판이 또렷하게 다가왔다. 다시 기도하는 마음으로 그녀를 불렀다.

"산드라아!"

간절히 불러서일까, 고대의 문처럼 그녀의 눈은 열렸다. 묵은 눈물들이 쏟아져 나왔다. 어떻게 감옥에서 나오게 됐는지, 여길 어떻게 알고 왔는지, 갖은 표정으로 호들갑을 떨 그녀였건만, 잠시 입꼬리를 올려줄 힘마저 없는지 무표정이었다. 난 그녀의 여린 손가락을 뺨으로 가져갔다. 고드름처럼 차가웠다.

그녀 대신 이 자리에 누울 순 없을까. 그녀의 간호를 받는다면 송장도 일어날 것 같은데……. 수건으로 눈물방울을 닦아주니 그제야 볼우물을 지어 보였다.

✿

얼마나 지났을까. 의사 하나가 다가오더니 날 보자고 했다.

"친척은 아닐 것 같고…… 그녀와 관계는요?"

"친구…… 아니, 애……애인입니다."

더듬거리며 뱉는 'Novia(애인)', 이토록 짜릿한 낱말일 줄이야.

"저는 국립사회복지병원 파견의사입니다."

"네, 반갑습니다."

"한마디로 위독합니다. 수술할 수 없을 정도로 폐가 손상됐어요. 거기에다 수술실마저 파손된 상태여서 수술을 하고 싶어도 현실적으로 힘듭니다. 신관에서 야간근무를 하고 나오다가 변을 당했다는데…… 같은 의사로서 가슴이 아픕니다. 오늘 밤을 넘길 수 있을지도……."

멍했다. 신은 없구나. 글썽이는 내 눈물로 오실로그래프가 춤을 췄다.

❦

산드라가 무슨 말을 하고 싶어 했다. 내 손을 입에다 가져갔다. 마임인형처럼 입술을 움직이더니, 들릴 듯 말 듯 "펜"이라고 했다. 난 간호사에게 볼펜과 메모지 몇 장을 부탁했다. 그녀가 '사랑해'라고 썼다. 난 울먹이며, "내가 더 사랑해"라고 말했다. 그녀, 더 많은 눈물을 흘리며 '어떻게 나왔니?'라고 썼다. 힘이 빠져나가는지 글씨가 갈수록 희미해져 갔다. 난, 잠시 머뭇거리다가 "석방됐어"라고 말했다. 그녀, 힘겹게 미소를 지으며, '잘됐네'라고 썼다. 난, 힘들어하는 그녀를 위해, 앞으로 내 말에 고개만 끄덕여달라고 했다. 하지만 그녀, 계속 썼다. '나, 자기랑 결혼하고 싶어, 사랑해…….' 난, 더 큰 소리로 "나도 자기와 결혼하고 싶어, 내가 더 많이 사랑해"라고 말했다. 그녀, 더 많은 눈물을 흘리며 썼다. '널 두고 떠나기 싫은데…….' 난, 눈물을 닦아주며 "넌 죽지 않아, 바보만이 일찍 죽는 거야"라고 말했다. 그녀, 눈꺼풀이 무거운지 잠시 눈을 감았다. 심전계의 수치가 더 낮아져 있었다.

"산드라, 힘내……!"

그녀, 다시 손에 힘을 줬다. 난, 또 하나의 메모지를 그녀의 손바닥 밑에 깔았다. '너에게 줄 선물이 있어. 침대 밑에 있는 내 핸드백을 열어봐.'

글씨가 조금 더 진해 보였다. 희망이 보이는 듯했다. 난, 침대 밑에서 그녀의 크림색 핸드백을 꺼냈다. 면회 올 때 지니고 오던 것이었다. 핸드백을 열자, 노란 서류봉투 하나와 조그마한 지갑이 눈에 들어왔다. 봉투 안에는 편지 몇 장과 내가 만들어준 종이학 몇 마리가 들어 있었으며, 지갑 안에는 아몬드 알맹이만 한 씨앗 몇 톨이 들어 있었다. 그녀, 다시 힘겹게 쓰기 시작했다. '편지는 네 종이학 편지에 대한 답장들이야. 그리고 바오밥나무 씨앗들. 우리가 결혼하면 정원이 있는 집에다 심으려 했어. 미안해. 종이학이 새 되어 날아가는 걸 못 볼 것 같아…….'

"산드라, 힘내! 넌 죽지 않아. 결코!"

연신 그녀의 팔을 주물렀다. 심전계의 수치가 다소 올라갔다. 그녀, 좀 더 편안해 보였다.

❧

나도 모르게 깜박 잠이 들었다. 웅성거리는 소리에 눈을 떠보니 병상 주위에 의사와 간호사들이 몰려 있었다. 그중 한 의사가 손가락으로 산드라의 눈꺼풀을 올리곤, 볼펜처럼 생긴 플래시로 그녀의 안구를 들여다봤다. 그의 초콜릿색 입술에서 "끝이야"란 말이 나왔다. 마침내 수평선이 돼버리는 오실로그래프.

이럴 수가……. 나, 잠든 사이 그녀가 떠났다. 뜨거운 눈물이 죽은 나무에 물을 주듯 그녀의 얼굴에 떨어졌다.

❧

지금까지 내게 일어난 일들 모두 사실일까. 난, 망망대해에서 헤매는 돛단배. 바람을 타고 갈 수밖에 없지만 그 바람, 방향도 없이 미친 듯 불었다. 슬픔은 굶주림도, 졸음도 덮어버렸다. 병상에 남겨진 그녀의 체취를 훑기 위해 침대보를 움켜쥐었다. 아, 산드라……!

핸드백 안에는 편지가 수북했다. 사이사이 종이학이 끼어 있

147

었으며, 그중 몇 개는 그녀가 만들었는지 뭉툭하니 귀여웠다. 첫 행부터 눈물이 쏟아졌다.

Si te ayudo a hacer pájaros, volarían más pronto.

만약 내가 종이학 접는 걸 도와준다면, 우리의 새는 보다 더 빨리 날게 될 거야.

그녀 또한 날 그리워했나 보다.

Escribo las cartas escuchando a los insectos más que al hombre. Pongo añoranza en mis lágrimas aunque van acumulándose las cartas en la esquina como la nieve. ¿Será así de amargo el licor de la sangre? La noche de México con zapatos de piel quemando sus cejas con luz de luna sacará contenidos de cartas no enviadas con su lengua larga y puntiaguda.

풀벌레 소리를 사람 소리보다 더 크게 들으며 편지를 쓴다. 부치지 못한 편지들이 여전히 마음 한구석 잔설처럼 남아 있지만, 칼보다 뾰족한 그리움을 가슴에다 갈아서 눈물에다 갠다. 술을 피로써 빚으면 저렇게 독할까. 멀리 새소리 풀벌레 소리보다 더 크게 들리다가, 더 멀리 사람 소리 새소리를 덮을 즈음이면, 질긴 가죽신발을 잃어버린 시티의 밤은 까만 눈썹을 달빛에 태우게 된다.

그래, 기억난다. 나에게 밤하늘을 보라고 했다. 같은 별을 보고 있노라면 눈빛만은 맞출 수 있다며…….

Mirando la misma estrella, nos prometimos que pensaríamos uno en el otro. El gallo expele la noche por instinto. Mas la noche aún está en el cerro. Todavía no es tarde. Juntemos las luces de los ojos mirando la misma estrella a pesar de estar separados, lejos uno de la otra.

지구 끝에서라도 같은 별을 보며 서로를 잉태하기로. 갔다가 다시 오면 그 자리에 우뚝 서 있는 별이 되기로 약속했다. 새벽닭은 짧은 밤을 본능으로 쫓지만 밤은 긴 망토로 닭 소리를 덮으며 여전히 칠부 능선에 걸쳐 있다. 늦지 않다. 별빛을 모으자. 별을 보며 눈빛을 맞추자.

핸드백 속에는 예상 밖의 물건이 들어 있었다. 새끼손가락 길이의 총신에 데린저라고 새겨진 권총 한 자루. 문양도 화려해서 한눈에 여성용 총이란 걸 알았다. 사시미 김이 갖고 있는 것과 모양만 다를 뿐, 같은 종류다. (사시미 김은 자동차 선바이저 포켓에 그 총을 보관한다.) 총 손잡이 덮개 속에는 사진 두 장이 들어 있었다. 하나는 그녀의 어머니, 로사 곤살레스 데 슈마처의 것이었으며, 다른 하나는 둘이서 얼굴을 붙이고 있는 사진으로, 그녀가 병역수첩 속 내 사진으로 합성해놓은 것이었다.

17

썩은 오미자 뒷맛

산드라의 핸드백 속 돈으로 멕시코 유적지 테오티우아칸의 피라미드가 그려진 티셔츠와 일본인들이 즐겨 입는 청바지, 끈이 달린 나이키 운동화 한 켤레를 샀다. 거기에다 선글라스까지 걸치니 제법 일본인 관광객처럼 보였다.

우리 돈으로 10원도 안 되던 공중전화 요금이 지진으로 인해 공짜가 돼버렸다. 엥겔지수를 낮추는 복지 포퓰리즘. 제도혁명당PRI이 70년 동안 장기 독재를 할 수 있었던 비결이다. 의식주 비용만 낮춰주면 국민의 대정부 불만은 기하급수적으로 줄어든다. 우리의 밥에 해당하는 토르티야를 원가의 20퍼센트에 공급하고, 지하철, 버스 등 대중교통 요금을 거의 공짜이게끔 책정하는 것 등이다. 고향집으로 컬렉트 콜을 걸었다.

"여보세요."

동생이었다.

"권이야? 형이다……."

얼마 만에 해보는 우리말인가. 내 목소리가 수화기에서 낯설게 메아리쳤다.

"어, 형! 어쩐 일이야…… 그래, 별일 없이 잘 지내?"

동생은 지진이 난 걸 모르고 있는 것 같았다.

"응…… 별일 없어. 어머니는?"

"응, 잠깐만……."

순간, 눈물이 흘렀다.

"응, 준이가?"

"네, 어머니……."

"그래 공부는 잘 돼가지를……."

"네, 어머니……."

"와 이래, 목소리에 힘이 없노. 밥도 못 묵나……. 그래, 거는 괜찮나…… 여기는 태풍이 불어갖고 난리다."

"네, 괜찮아요. 몸은 좀 어떠세요?"

"내사 맨날 그렇지 뭐…… 순이가 없어 좀 힘드네."

"왜 순이 누나 어디 갔어요?"

"응, 저거 집에 잠시 갔다…… 뭐, 어디서 중신이 들어왔는지, 오라 해서……. 선보러 갔는데, 얼마 안 있으마 올 끼다. 그래

151

아침밥은 묵었나?"

"네, 어머니. 근데 여긴 저녁이에요. 저녁 여섯 시……."

"얄궂으라…… 그래, 저녁이든 아침이든 잘 챙기 묵어라. 우야든동 건강하고…… 그래, 이제 끊자. 전화요금 마이 나오겠다."

"네…… 어머니도 건강하세요. 참 어머니, 권이 좀 바꿔주실래요?"

목소리로 미루어 어머니 건강엔 별 이상이 없는 것 같았다.

"권아, 어째 시골에 내려와 있네……."

"응, 예비군 훈련 땜에."

"권아, 부탁 좀 하자. 혹시 나에 관해 나쁜 소식을 듣게 되더라도 절대 어머니께 말씀드리면 안 된다, 알겠지?"

"형, 그게 무슨 말이야. 무슨 일 있어? 참, 어젯밤 뉴스에 멕시코 지진 어쩌고저쩌고 하던데……. 걱정할까 봐 전화한 거구나, 우리 효자 형……. 걱정 마, 어머니께 지진 이야기 안 했어."

"그래, 어머니 고혈압 때문에 혹시나 해서 걸어본 거야. 전화할 때도 됐고……. 너도 네 걱정을 함부로 어머니께 말씀드리지 마. 괜히 마음고생만 하시니까, 알았지?"

"응, 알았어. 형, 몸 조심해……."

"그래, 고맙다. 너도 잘 지내고…… 또 연락하마."

동생은 지진이 난 걸 알고 있었다. 어머니께 알리지 않았다니, 그래, 네가 효자다.

이렇게 힘들 땐, 당신 뱃속으로 돌아가고 싶다. 머리에서부터 발끝까지 내 손이 약손이다. 그 약손 살다 보면 못 살게도 그리워, 많은 순간 캥거루 새끼처럼 폴짝 뛰어들고 싶다.

＊

자수할까. 아니, 난 죄를 짓지 않았다. 한국으로 돌아갈까. 아니, 여권도, 비행기표 살 돈도 없다. 그럼, 어디로 가야 하나. 미국으로 밀입국? 대현이에게? 박 서기관에게? 그래……, 사시미 김에게 부탁해보자. 안 되면 페드로의 고향 치아파스로 가는 거다.

"안녕하세요. 꼬레아 식당입니다."

"여보세요. 혹시 지배인님과 통화할 수 있는지요?"

"실례지만 누구시라 전해드릴까요?"

"네, 서울 친군데요……."

식당에서 일하는 멕시코 직원인 것 같았다. 혹시나 해서 코 맹맹이 소리를 냈다.

"네, 알겠습니다. 잠시만요."

몇 마디를 내뱉는 동안 내 입은 다섯 개의 혀가 있어야 겨우 한 알을 삼킬 수 있을 썩어 문드러진 오미자 뒷맛을 느꼈다.

"여보세요. 김형준입니다."

사시미 김이었다. 수화기가 떨렸다. 반가우면서 불안했다.

"나예요. 경준이……."

"누구? 승균 씨?"

"아뇨……. 경준이요……. 강경준."

"강경준이?"

"네……."

"정말 경준이가 맞는겨?"

"네……."

"지금 어디여? 어떻게 된 거여……?"

"소식 들으셨군요. 괜찮아요. 그냥 형 목소리가 듣고 싶어서……."

"잠깐 끊지 말어…… 내 안에서 받을게."

그의 목소린 들떠 있었다. 빙점을 넘나드는 바람 멎은 수면, 그 결빙의 눈동자와는 결코 어울리지 않는 음색이었다.

"으응, 걱정 많이 했어……. 여기 뉴스에 네 이름이 자주 나와, 사진까지……. 이제 어떡할려구?"

"모르겠어요……. 그냥 한국으로 돌아가고 싶은데…… 안 되겠죠?"

"자식, 말도 안 되는 소리 허고 자빠졌네. 그냥 일단 어디 처박혀, 한 2, 3년……. 잠수 타란 말여, 그것도 아주 깊이…… 알

앞어? 이게 다 내 경험에서 나오는 말이여……."

"네, 알았어요……."

"근데, 어디여? 내가 돈 좀 꿔줄 테니 근방으로 와라. 참, 안 되겠다. 지진으로 접근이 힘들겠네…… 하긴 여기도 장사 안 혀."

확실히 그는 다른 면모를 보여주고 있다. 찢어진 눈매와는 달리 따뜻한 사람이구나.

"피해가 크나요?"

"아니, 단층이라 피해는 없는디……. 도둑놈들이 들끓어…… 개뿔도 가져갈 것도 없는데, 여기 사장이 좀 그렇잖여……. 그 래 어디여, 내가 갈게 차라리, 그쪽으로……."

난, 사시미 김에게서 놀라운 소식을 접했다. 내 전화가 박승 균이란 사람에게 걸려온 거라고 생각했다는 것. 거기에다 그 박 승균이 하숙집 아저씨 박 씨라는 것. 박 씨는 멕시코 국경에서 미국으로 밀입국하지 못하고 결국 이곳 시티로 들어와 '꼬레아' 식당에서 주방 일, 특히 정육점 일인 쇠고기, 돼지고기 등을 다 듬는 일을 돕고 있었다는 것이다.

근데, 그중 다음의 사실이 날 숨 막히게 했다. 갑자기 귀국해 버렸는바, 그 귀국 사유가 바로 우리가 죽은 줄로만 알았던 고 산댁이 돌아왔다는 것이다. 박 씨는 결국 그의 아내를 살해했 을 거라는 세간의 의심을 견디지 못해 미국 이민을 결심하게

155

됐고, 그의 아내, 고산댁은 봉고차에 납치돼 어디론가 팔려갔다가 최근에 탈출했다는 것이다. 참으로 모를 일이다. 지금부턴 박 씨가 날 도둑놈, 사기꾼으로 오해할 테니…….

차를 주차한 뒤, 공중전화 부스에서 뒤창에 적힌 번호로 전화를 걸었다.

"미안합니다. 미안합니다……. 타스케냐 터미널 주차장에다 차를 주차해 놓았습니다……. 차 열쇠는 운전석 측 타이어 밑에 두었습니다……."

"야, 이 새끼야! 넌 도둑놈이야! 그 이상 그 이하도 아닌…… 이 시팔, 되놈 새끼야……!"

3부

자연의 극치는 사랑이다.
사랑에 의해서만 사람은
자연에 접근할 수 있다.

-

괴테

18
망고나무 아래 노파

게레로 지방을 통과해 오악사카, 치아파스까지 간다. 그동안 운전수는 세 번, 옆자리 승객은 네 번 바뀌었다. 그 마지막 옆자리의 주인은 암탉 한 마리를 안고선 일곱 시간이나 꼼짝달싹 않고 갔다. 인디오들은 침묵에 능하지만 입을 열기 시작하면 끈적거린다. 평소라면 그에게 말을 걸었을 테지만, 상황이 상황인 만큼 조용히 가고 싶었다. 근데 뜻밖에 그가 먼저 말을 걸어왔다. 이야기는 자식처럼 안고 가는 그의 암탉에서부터 풀어졌으며, 집에 수탉 한 마리가 더 있어 곧이어 알을 깨고 나올 병아리에까지 이어졌다. 입질이 뜸한 낚시질처럼 사이사이 침묵이 흘렀으며 그때마다 난, 차창으로 눈을 돌렸다. 풍경이 그림 같았다. 아름다워서가 아니라 단조로워서다. 하나같이 황량해 보이는 산들이 그랬고, 하나같이 폰초를 걸치고 모자를 눌러 쓴 이들의 표정이 그랬다. 원주민 비율이 높은 오악사카 지방에 들어서니 더욱 그랬다. 버스가 서고 그 단조로움은 한 사람으로 인해 가셨다. 총을 멘 군인이었다. 당황해하니, 묻지도 않았 건만 옆자리 인디오 친구가 검문이라 했다.

"관광객이오? 어딜 가는 거요?"

총을 거꾸로 멘 콧수염의 메스티소가 흘겨보며 물었다.

"외……국인입니…… 저는."

"여권 좀 봅시다."

"음…… 전 스페인어를, 음…… 자알 못해요…… 그래서……."

"일본 사람이오?"

"네, 이……일본 사아람……."

"아리가토."

관광객 차림의 효과인가. 일본 사람들은 거의 무사통과이니, 당분간 일본인 행세를 하는 것도 괜찮을 것 같았다. 옆자리 인 디오 친구, 또 한 번 묻지도 않았건만 최근 반정부 게릴라단체 인 사파티스타Zapatista로 인해 검문이 강화되었노라고 했다.

버스를 탄 지 스무 시간 만에 도착한 곳은 산크리스토발 델 라스 카사스. 페드로의 고향 산타로사를 가기 위해서는 열대밀 림, 라칸도나를 통과해야만 한다. 라칸도나는 라파엘 세바스티 안이 인디오들의 권익을 위해 게릴라전을 펼치고 있는 곳이다.

배낭 하나를 구입한 뒤, 재래시장으로 갔다. 토르티야, 세시나(소금에 절인 쇠고기), 비스킷, 망고 등 과일과 정글용 칼을 구입했다. 들쳐 메니 축 늘어졌다.

페세로라 불리는 미니버스를 타고 라가루차를 지나 대중교통으로 갈 수 있는 마지막 지점인 산후안 초입에 들어섰다. 갑자기 미니버스가 길섶 한구석에 처박혀버렸다. 쿰비아를 신나게 틀어놓곤 막대껌을 질겅질겅 씹으며 노랫말을 따라 부르던 운전수가 "브레이크 고장이요"라고 했다.

걸었다. 산타로사, 정말 오지일 것 같았다. 어디냐는 물음에 시장에서 세시나를 팔던 친구, "우후!" 하며 하늘 쪽으로 손가락만 올리지 않았나.

한참 동안 그늘을 만날 수 없었다. 키 큰 나무래야 허리 높이였다. 태양은 살을 지졌으며, 한 발짝 한 발짝 땀을 훔쳐야만 했다. 그렇게 반나절을 걸은 뒤에야 나무 같은 나무들을 만났다. 부스럭 소리에 고개를 돌리니, 동물도감에서나 볼 수 있는 개미핥기가 땅에다 코를 박고 있었다. 꽉꽉! 적막을 깨뜨리는 마코앵무 소리에는 생땀이 솟았다. 원숭이도 보였다. 안경을 쓴 것처럼 눈에 둥근 테를 두른 놈도 있었고, 얼굴이 다람쥐처럼 생긴 놈도 있었다. 부리가 하키스틱을 닮은 희귀조류 투칸은 이곳에선 흔한 새였다.

따개비 같은 움막들이 산 아래 드문드문 박혀 있었다. 바나나나무 그늘에 배낭을 내려놓고 땀을 닦는데, 누가 말을 거는 듯했다. 뒤돌아보니 망고나무 아래서 노파 하나가 중얼거렸다.

"뭔 말인지 모르겠어요."

"이런, 스페인어만 하누만······."

관광객 복장의 ET 같은 내가 마야 키체어를 알아들을 것이라 생각했나 보다. 자세히 보니 눈에 초점이 없었다. 노파는 조그마한 항아리를 내밀더니, 손을 넣어보라고 했다. 속에 팥이 들어 있었다. 집어보라고 했다. 불끈 쥐어 두 손에 담아주니, "욕심도 많네" 하면서 한 알, 두 알, 다시 항아리 속으로 빠뜨렸다. 개수를 세고 있나 생각했는데 조심조심 만져보면서 떨어뜨리는 걸로 봐선 셈만 하는 건 아닌 듯싶었다. 손바닥 위에 팥알이 드문드문해질 때쯤 "총각이지?"라고 했다. "네" 하고 답하니, 뜬금없이 첼탈족 전설에 나오는 여자 목숨으로 사는 남자, 치첸 이야기를 했다. 열두 여자를 만나 열두 여자의 수명을 살게 된 첼탈의 전사戰士는 만년에는 '빨리 죽었으면Me urge morir' 하곤 '죽음을 기다리는 즐거움'으로 살았다는 것이다.

그게 나와 무슨 상관이람, 신도 안 믿는데 미신을 믿으라구······. 웃으며 복채로 100페소짜리 지폐 한 장을 노파에게 건

넀다. 냄새를 맡더니, "돈이네" 하곤 던져버렸다. 비스킷을 주려다가, 사막의 이정표처럼 박혀 있는 듬성듬성한 이빨을 보고는 바나나 한 개를 쥐여주었다.

마을 끝자락쯤에 이르러, 눈앞에 재미있는 광경이 펼쳐졌다. 목줄을 단 원숭이가 야자수에 올라 있었다. 가만히 앉아 있는 원숭이를 향해 누군가 돌멩이를 던졌다. 원숭이 놈, 허연 이빨을 드러내곤 야자를 뱅뱅 돌려 밑으로 떨어뜨렸다. 신기해하며 바라보는데, 페드로를 닮은 친구가 다가와선 씨익 웃었다. 인사를 한답시고 손을 들어 보이니까, 막 떨어진 야자 하나를 마체테로 쳐주었다. 고맙다고 돈을 건네니 역시 받지 않았다. 비스킷 하나를 건네주곤 산타로사 가는 길을 물으니, 손가락으로 멀리 흰 구름 너머를 가리켰다.

다시 걸었다. 쉬지 않고 걸어도 카냐다협곡까지 네 시간은 족히 걸릴 것이다. 산타로사까지는 얼마나 더 걸릴지……

두 시간쯤 걸었을까, 스콜을 만났다. 앞이 보이지 않을 정도로 쏟아지는 장대비. 다행히 얼마 가지 않아 동굴 하나를 발견했다. 몇 발짝 들어서니 벽 안쪽에 아기 해골인지, 원숭이 해골인지, 할로윈 소품 같은 것들이 소복하게 쌓여 있었다.

비는 그칠 줄 모르고 어둠은 깔리고, 소름이 돋았다. 99, 98, 97…… 잠자는 것이 상책이겠지만 쉽지가 않았다. 산드라가 떠올랐다. 둘이서 춤을 춘다. 내 가슴에 안긴다. 난, 그녀의 귓불에다 "사랑해……"라고 속삭인다.

푸드덕 소리에 잠이 깼다. 박쥐였다. 여기저기서 인이 튀어올랐다. 굴 밖에는 팔다리가 수십 개 달린 괴물 형상의 정글이 버티고 있었다. 등골이 오싹해져 왔다.

99, 98, 97……. 99, 98, 97…… 달아난 잠을 다시 불러봤지만, 나우칼판에서의 첫날 밤처럼 오지 않았다.

산드라, 당신은 세상에서 가장 긴 편지. 난 겨우 당신의 눈썹 부분을 읽고 있는걸. 지금까지 당신은 내 안부만을 물어오네. 잘 있어, 잘 있어야겠지. 아니, 잘 못 있어도 잘 있다고 해야겠지. 오뚝한 콧날, 도톰한 입술, 봉긋 젖가슴, 꼼지락 발가락을 읽을 즈음엔 내 머리, 성성해져 있겠지.

세상에서 가장 긴 편지를 부치는 당신. 세상에서 가장 무거운 편지를 배달하는 집배원. 오늘 밤, 그 집배원의 자전거 페달이 하염없이 녹슬어가네…….

아침에 보는 정글은 달라도 너무 달랐다. 진초록의 숲은 보석가게 진열장 같았다. 거미줄 사이 영롱한 빗방울, 맑고도 밝은 새들의 지저귐은 지난밤의 우울을 떨쳐내기에 충분했다.

비스킷과 망고로 아침을 때웠다. 간간이 불어오는 정글 바람은 그 어떤 허브보다 상큼했다. 앞으로 두 시간만 더 가면 카냐다에 이를 것이다.

산드라를 생각하다가 벼락틀을 못 볼 뻔했다. 틀 위엔 수십 짐에 달하는 돌더미가 얹혀 있었다. 미끼를 낚아채는 순간 활대가 벗겨지고 그 돌더미의 무게로 틀이 벼락 치듯 무너져 마침내 짐승은 깔려버리는 것이다. 미끼가 고깃덩어리인 걸로 봐서 맹수 틀일 것 같았다. 조심해야겠다. 올무나 틀도 위험하지만, 맹수는 더 위험하다. 긴장을 했더니 목이 말랐다. 물을 마시려 배낭을 여는데, 어디서 나타났는지 원숭이 녀석이 망고 하나를 슬쩍해갔다.

연기가 피어오르는 게 보였다. 그렇다면 카냐다? 반가움에 발끝에 힘을 주고 내려오는데 쑥 하고 다리가 빠졌다. 깊이 2미터 남짓의 구덩이였다. 다행히 메고 있던 배낭 덕에 크게 다친 데는 없었다. 생각보다 폭이 넓어 두 팔로 양 측면을 짚고 빠져나오기 힘들었다. 배낭을 벗어 던진 뒤 구덩이 벽에 홈을 파기 시작했다. 발을 딛거나 손을 집어넣어 쉽게 오르기 위해서였다. 30센티미터 정도 간격으로 손이 닿는 데까지 파보았지만, 마지막 50센티미터가 문제였다. 달리 뾰족한 방법이 있는 것도 아니어서 그냥 딛고 올라서기로 했다. 한 발, 두 발, 세 발째, 흙이 물러서인지 구멍 밑부분이 흘러내렸다. 땅바닥에 엉덩방아를 찧었다. 골반 부분이 얼얼했다. 다시 시도해봤지만 조금 올라가

다가 또 떨어졌다. 이번엔 발목까지 삐어버렸다. 기다리기로 했다. 나우칼판, 그 지독한 독방도 견뎌내지 않았던가. 야생돼지 같은 짐승들을 포획하기 위한 구덩이라면, 언젠가는 사람들이 나타날 것이다.

한두 시간이나 지났을까. 구덩이 위에 뭔가가 나타났다. 사람은 아닌 듯했다. 잠시 뒤 정글의 고요 속 가벼운, 낙엽이 스산한 바람에 쓸려가는 양 스르르거리는 소리가 들렸다. 하지만 열대우림엔 그런 낙엽들이 없지 않은가.

그 소리 아주 가까이에서 들렸다. 바짝 긴장이 됐다. 머리를 들어 구덩이 입구에다 두 눈을 고정시켰다. 정적이 흘렀다. 나뭇가지 사이로 열대의 사파이어 하늘, 프리즘 속 색종이처럼 반짝였다. 순간 뭔가가 지나갔다. 덩치가 컸다. 송아지만 하면서도 재바른 건 뭘까? 짐승은 간헐적으로 구덩이를 타 넘었다. 속이 탔다. 배낭 속 물을 꺼내 마시고 싶어도 두 눈을 구덩이 입구에서 떼지를 못했다. 삔 발목이 저려와 그냥 서 있기도 힘들었건만, 그렇게 몇 시간이 흘렀다.

가버렸나? 구멍 위 'ㅅ' 자 모양의 나뭇가지 사이로 검은 바위 같은 구름이 보였다. 조금 있으니, 구덩이 입구가 까매지더니 빗방울이 떨어졌다. 이내 빗물이 쓸려와 순식간에 가슴까지 차버렸다. 붉은 황토물이 약사발 속 사약처럼 코앞에서 출렁거렸다. 죽음의 징표인가. 입에서 단내가 나기 시작했다. 이제 끝이로구나 생각하는 순간, 산드라가 떠올랐다. 산드라, 어디쯤 있느냐, 기다려라!

심호흡을 했다. 세상 마지막 공기로 산드라를 불렀다. 메아리가 정글을 맴돌다가 다시 구덩이 속으로 빨려들었다. 그때, 뭔가가 쿵 하고 구덩이 안으로 떨어졌다. 물살에 실려온 나무 등걸이었다. 둥치를 껴안고선 물 밖으로 얼굴을 내밀었다.

조금 있으니, 구덩이로 들어오는 물보다 빠져나가는 물이 더 많은지 수심이 허리까지 내려갔다. 물은 빠지고 있었지만, 그 위로 어둠과 냉기가 밀려들고 있었다.

🌢

세월의 때로 덧칠된 회벽, 마음껏 닳아버린 나무문, 덩그러니 휘어진 창틀, 황토로 다져진 바닥, 야자잎으로 엮어놓은 천장…… 그냥 움막이었다.

가랑이 아래가 시원해 아랫도리를 보니, 내 옷이 아니었다. 아니, 옷이라기보다는 천 조각이었다. 가까이 옥수수 이랑들, 멀리 야산들, 더 멀리 뭉게구름. 유리가 없는 창은 액자 같았다.

눈이 부셨다. 아열대의 태양은 거의 남중하고 있었다. 날이 더울 것이건만 한기를 느꼈다. 내가 일어나기만을 기다렸다는 듯 꼬마 하나가 함박웃음으로 다가왔다.

"일어났어요?"

다섯 살도 안 돼 보이는 순수 인디오. 조금만 더 어렸어도 엉덩이에 몽고반점이 선명했을 것이다.

"응…… 근데 여긴 어디야?"

"우리 집."

"마을 이름은?"

"없어요. 이름이…… 그냥 마을이에요."

꼬마는 여긴 초칠족Chóchil, 저긴 첼탈족Cheltal 하며, 몽당연필 같은 손가락으로 산 너머를 가리켰다.

"부모님은……?"

"저어……기요, 저어기……."

길게 목을 빼서 잘 안 보인다고 하니까, 녀석은 연신 손가락으로 저기요, 저기! 하면서 허공을 찔러댔다. 하지만 보이는 건 구름뿐이었다.

해 질 무렵 세상에서 가장 맵다는 피킨 고추나무가 서 있는 턱진 마당 안으로 누군가 들어섰다. 남자는 자리에서 일어나는 날 보더니 앉으라며 손바닥을 아래로 깔았다. 생명의 은인이라며 고개를 숙이니, 당연한 일이라며 미소만을 지었다.

"아저씬 무슨 부족이에요?"

꼬마만이 연신 말을 걸어왔다.

"음…… 한민족."

"한민족이 뭐예요?"

"음…… 민족 이름이야……. 어쩜 너와 난 한핏줄일지도 몰라. 말하자면 친척인 셈이지. 같은 몽고족……."

몽고족이란 말에 남자의 눈이 반짝였다. 친척이란 낱말에는 더욱 그랬다. 날 어떻게 빼낼 수 있었느냐는 물음에 장정 세 사람과 그물, 사다리가 동원됐노라 했다. 이어 여인네 하나가 마당에 들어섰다. 발그스름한 얼굴로 어딘가로 향하더니, 옥수수 가루로 만든 타말과 토르티야 몇 장을 대나무 소쿠리에 담아 왔다.

꼬마가 내 이름을 물었다. 따라 부르기 어려웠는지 종이와 연필을 가져왔다. 답으로 남자가 그들의 이름을 써주었다. 푸체, 몬타카, 이시드로. 꼬마만이 스페인 이름을 지녔다.

❦

내 옷들이 빨랫줄에 걸려 있었다. 원주민 촌에서 민박하는 느낌이 들었다. 주위 풍경과 잘 안 어울리는 듯 어울렸다. 틈틈이 이시드로에게 동화를 들려줬다. 피노키오 이야기에 넋이 나간 녀석, 흐르는 콧물도 빨아 당기질 않고 시종 입을 벌린 채들었다.

친척도 이런 친척이 없다. 뭔가 보답을 하고 싶었지만 배낭

속 세시나도 물에 잠겨서 못 먹게 됐다. 송구스러워 밭일과 소 치는 일을 좀 거들어주려 해도 사양했다. 삔 다리 때문이 아니 었다. 그들에게 난, 손님이었기 때문이다.

이별은 슬프다. 이시드로는 앙탈을 부리며 떠나는 날 붙잡 고, 푸체는 저만치 돌아서서 구아바 나뭇잎만 만지작거렸다. 마 음을 안정시킨다는 만사니야차 한 잔을 내놓는 몬타카, 마시는 내내 타말을 배낭 가득 담고 있었다. 푸체가 무작정 따라나서 려는 이시드로의 팔을 붙잡고 있는 동안, 옥수수밭 옆으로 빠 져나왔다. 흐린 날 기적처럼 멀어져가는 이시드로의 울음……

19
마르코스

라파엘은 1983년, 카냐다협곡으로 들어왔다. 부르주아 인텔리가 오로지 인디오들의 권익을 위해 멕시코 오지로 파고든 것이다. 카냐다는 체 게바라가 항쟁했던 볼리비아의 라이게라 지방과 흡사하다. 사방이 협곡으로 둘러싸여 외부세계와 격리되어 있으며, 토양 또한 척박해 주민이 거의 없다.

라파엘을 만나기 위해 몇 개의 관문을 통과해야만 했다. 그중 몇 개는 내 피부색으로 연 셈이다. 백인이었다면 마을 입구에서부터 퇴짜를 맞았으리라.

바위동굴은 꽤 깊숙했다. 스스로를 '사파티스타'라 칭하는 그들의 수는 어림잡아 서른은 돼 보였다. 물론 여기서 사파티스타란 멕시코혁명 당시 토지개혁을 주창하던 남부사령관 에밀리아노 사파타를 추종하는 무리란 뜻이다.

이름을 바꿨다고 했다. 라파엘에서 마르코스로……. 카를로스 마르코스(카를 마르크스)의 마르코스냐고 물으니, 멕시코 검문소에서 살해당한 옛 친구 이름이라고 했다.

딱딱한 분위기가 가시질 않았다. 멕시코국립대학에서 그의 철학 강의를 들은 바 있는 한국 유학생이라고 하니까, 그때서야 조금 부드러워졌다. 하지만 스키 마스크는 벗지 않았다.

"몇 살인지요?"

뜻밖이었다. 많은 물음 중에 내 나이를 물어오다니……. 서양인들은 동양인의 나이를 잘 알아맞히질 못한다. 덩치 큰 그들에 비해 아담해 보여서일까, 보통 나이보다 대여섯 적게 보는 경향이 있다.

스물여덟 살이라고 하니까, 짐짓 놀라 했다. 그럼에도 그는 사백하고도 아흔세 살 먹었노라 했다.

"스물일곱 아니던가요?"

나보다 한 살 아래란 걸 잘 알고 있던 터라, 그렇게 되물었다.

"1492년부터 계산한 겁니다."

억압받아온 멕시코 원주민 역사를 상징하는 뜻에서 콜럼버스가 신대륙에 발을 디딘 날로부터 기산한 것이라고 했다.

"백인 놈들, 특히 미국 놈들은 10월 12일을 신대륙 발견일이라며 축제를 벌이지요. 하지만 그건 발견이 아니라, 침략입니다.

엄연한 침략, 아주 잔인한…… 발견이란 남이 미처 보지 못한 사물 등을 찾아냄을 뜻하는데, 이 땅에는 2~3만 년 전부터 사람들이 살고 있었어요. 이 땅의 원주민들, 아니 원주인들 말입니다. 어디 그들이 개돼지였습니까, 발견이라 말하게? 마야, 아즈테카, 잉카…… 제가 알기로는 그 당시 어떤 문명보다 훌륭했습니다. 그리고 인디오란 말 잘못됐어요. 콜럼버스 놈이 이곳을 인도인 줄 착각하고 여기 원주민들을 인도 사람이란 뜻으로 인디오라 불렀잖아요? 고쳐야지요, 당연히……."

그의 말투에 강의실 풍경이 그려졌다. 수업 도중 그는 교탁 위에 걸터앉곤 했다. 체 게바라가 UN에서 한 연설을 연상시켰다. 신발은 구두도, 운동화도 아닌 모카신이었으며, 그나마 코 부분이 헤져 있었다.

"지금까지 3,000만 명 이상의 원주민들이 살육당했습니다. 로사스란 놈은 아르헨티나에서 우리 형제들의 씨를 말려버렸지요. 양이나 소, 말 등은 고기와 가죽을 주는데, 원주민들은 아무것도 주지 않는다고요. 그래서 부에노스아이레스에는 백인뿐이잖아요. 다 죽여버렸죠. 진정한 이 땅의 주인인데 말이에요."

헤라르도가 생각났다. 히틀러의 유대인 학살에 관한 의견을 묻자, 테킬라를 단숨에 들이켜곤 혀로써 인지와 엄지 사이 소금을 찍으며 뱉던 말. "Fuerte(독하다)."

"3,000만 명이면 히틀러가 죽인 유대인 수보다 다섯 배나 많군요."

"지금도 죽어나가니 훨씬 더 많겠죠. 굶주려 죽고, 린치당해 죽고, 원통해서 죽고, 살아 있다 해도 죽지 못해 사는 이들이 많으니…… 무엇보다 왜곡된 시선과 편견에 내몰리다가 죽죠."

스키 마스크 사이로 새어 나오는 그의 말은 비교적 또렷했다. 말할 때마다 검은 마스크의 가운데가 벌렁거렸다.

"복면은 언제 벗을 겁니까?"

"멕시코가 가면을 벗는 날에요!"

그 어떤 말보다 더 또렷이 들렸다. 그의 얼굴이 더욱 궁금해졌다.

"목적이 뭡니까? ……혁명인가요?"

"난 혁명가가 아니라, 반란자입니다."

참으로 통쾌했다. 반란자인가 하고 물어도 혁명가라 답할 것 같은데, 에밀리아노 사파타가 그랬듯이 빼앗긴 원주민들의 권익을 되찾기 위한 투쟁일 뿐, 권력이 목적이 아니라는 뜻이다.

학교 이야기를 꺼내자, 편안하게 자리를 고쳐 앉았다. 좌익 성향의 곤살레스 교수 이야기가 나오자, 반기며 참지식인이라고 했다. 박식한 만큼 큰 머리를 지녔던 곤살레스 교수의 별명은 찰스턴 수박. 곤살레스 교수의 머리 이야기가 나오자, 검은 마스크가 한참 동안 벌렁거렸다.

분위기가 익자 조심스레 탈옥 이야기를 꺼냈다. 그는 학교 이 야기에서도 벗지 않던 복면을 탈옥 이야기에서 벗었다. 2년 전 보다 더 핼쑥해져 있었다. 버터와 빵이 얼굴에서 완전히 빠져나 가고, 옥수수 토르티야가 자리 잡은 느낌이었다. "썩은 정부의 도둑놈들" 하며, 날더러 탈옥을 잘했노라 했다. 이야기 도중에 페드로 이야기가 나왔다. 그에게 쌍둥이 여동생이 있다는 이야 기를 들었다니까, "돈 차메수마의 딸, 셀레네 같은데……" 하면 서 훌륭한 여전사라 치켜세웠다.

"여기 있었지요. 지금은 노팔이란 친구 밑에서 특수훈련을 받고 있지만."

"전, 그녀의 오빠, 페드로와 함께 감방생활을 했습니다. 그와 약속을 했습니다. 부모님을 찾아뵙고 안부를 전해주겠노라고."

"그랬군요. 그들 오누이의 아버지인 돈 차메수마는 보기 드 문 원주민 인텔리입니다. 모렐로스주립대에서 법학을 전공했지 요."

"인텔리라 하시니 목테수마 페레이라 파르케 교수님이 생각 나네요. 일찍이 예일대에서 공부하셨죠. 텍사스 오스틴에서 강 의하시다가, 지금은 멕시코국립대에 계시고."

"아메리카 대륙은 우리 친척들 땅이다'라는 소리 많이 들으 셨겠네요."

"아니, 그걸 어떻게?"

"제게도 은사님이십니다. 당신 덕에 지금의 제가 있는 셈이지요. 스승은 강단에서, 제자는 그 스승의 이론을 전장에서 실천하려들 뿐이지요. 스승은 백묵으로, 제자는 총칼로, 방법만 다를 뿐 원주민들의 권익을 위해 투쟁하는 전사라는 점에서는 같습니다."

그의 얼굴이 편안해졌다. 학창시절 캠퍼스의 낭만을 떠올리고 있는지도 몰랐다. 인문대학 건물 앞 잔디밭에서 장사진을 이루던 악단들. 기타는 물론이고 바이올린, 아코디언, 트럼펫, 색소폰에 드럼까지. 음악에 맞춰 살사, 메렝게, 쿰비아를 추는 사람들, 삽시간에 지나가는 이들 모두 춤꾼, 노래패가 됐었는데……

"목테수마 교수의 어머니 성이 파르케Parque가 아니라, 파크Park였다고 해요. 영어로 공원이라는 단어 말이에요. 당신께선 미국에서 공부하셨지만 미국을 증오했지요. 그래서 Park를 스페인어인 Parque로 바꿨답니다."

깜짝 놀랐다. 'Park'이라면 '박' 아닌가. 목테수마 교수의 모친 성이 박 씨였다고?

"딱 한 번 다녀가신 적이 있지요. 노팔이 있는 곳에는 자주 방문하신다는 소문이 있습니다만……."

노팔은 과연 어떤 인물일까? 목테수마 교수가 애제자보다 더 자주 찾는다는 그에 대한 궁금증이 커져갔다.

"노팔이란 분을 찾아뵙고 싶네요."

"그러세요. 이 땅의 진정한 마촙니다. 물불을 안 가리죠."

"여기는 그렇게 보이지 않는걸요? 마을이 생각보다 평화로워 보이는데요……"

"하하, 그럼 전쟁판일 줄 알았습니까? 그건 그렇고, 오늘 마을에 잔치가 있는데 함께 가셔서 테킬라나 한잔 하시지요."

"감사합니다. 모든 것이 꿈만 같습니다. 이런 호의를 베풀어 주시니……"

잠시 후 마르코스는 대원 한 사람을 소개했다. 뜻밖에 그는 "안녕하세요" 하며 우리말로 인사를 했다. 애니깽 3세, 이름은 꼬레아 김. 한국말을 어디서 배웠냐고 물으니까, 한국교민회 소속 한글학교를 다녔다고 했다.

　　　　　　　　　🖌

그들의 결혼식은 우리 전통 혼례식과 비슷했다. 신랑의 복장은 평범해 보였지만, 신부복은 일명 과테말라 무지개라고 불리는 화려하기 짝이 없는 마야 전통의상으로, 가히 일생에 단 한 번 입을 옷이라 할 만했다.

뒤풀이 자리에서 꼬마 하나가 숯 조각과 나무껍질을 벗겨서 만든 아마테 종이를 들고 와선, 다짜고짜 cuerpo(몸)을 한국어로 써보라 했다. 왜? 하고 물으니, 내가 곰처럼 힘이 세 보인다며 몸짱이라는 것이다. 입이 귀까지 찢어진 꼬마는 몸 자가 써진 종이를 받아 들곤 친구들에게 자랑했다. 꼬레아 김에게 그 글자가 건너간 뒤부턴 날더러 뭄Mum이라는 것이다. 분명 '몸'이라고 써주었는데, 웬 뭄? 하고 보니까, 꼬레아 김이 종이를 거꾸로 해서 읽어줬던 것이다. 마을 꼬마들 "뭄, 뭄" 하면서 내 뒤를 따라다녔다. 결혼식장이 아니라 내 환영식장 같았다.

마르코스와 난, 여러 가지 이야기를 나누느라 밤을 샜다. 그는 동굴벽을 쓰다듬으며 "이게 당신 집입니다" 하곤 언제든지 환영한다고 말했다. 켱준 캉, 켱준 캉, 몇 번이나 되뇌더니, 이름을 바꿔보라고 했다. 웃으며 세례해주라고 했더니, 존경하는 인물이 있느냐고 물었다. 미겔 데 우나무노라고 답하니, 기다렸다는 듯 미겔로 하면 어떨까 했다.

다음 날 아침, 내가 가르쳐준 우리말로 하직인사를 건네왔다.

"잘 가요, 미겔."

"잘 계시길, 마르코스."

동네 꼬마 녀석들, 뭄, 뭄 하며 마을 어귀까지 따라 나왔다.

20
산타로사

십 리도 안 걸었건만 수백 리를 온 듯했다. 길도 문드러진 손금처럼 비뚤한 것이, 들어서면 동굴이거나 낭떠러지 앞이었다.

옥수수 음식은 대체 끈기가 없어, 조금만 움직여도 쉬 허기가 진다. 몬타카가 싸준 마지막 타말 조각을 삼키고도 한참 지나서야 마을 어귀에 도착할 수 있었다.

무덤인지 낮은 십자가들이 촘촘히 길섶에 박혀 있는 모양새가 소설 『페드로 파라모』의 유령도시 코말라를 연상시켰다.

내가 자기 고향 땅을 밟고 있음을 페드로는 알까. 그 잔잔한 미소는 초록 나뭇가지 사이, 사파이어빛 하늘 조각이 떨어지는 이곳 개울에서 나오지 않았을까.

마을은 서른 가구 남짓했다. 특이한 건 다들 맨발로 다닌다는 사실. 사람도 그렇고 산과 들도 그렇고, 마르코스가 있는 카나다협곡보다 더 오지인 듯 보였다. 먼지를 폴폴 날리며 술래잡기를 하는 꼬마들. 그중 비교적 덜 지저분해 보이는 녀석에게 물었다.

"페드로의 집이 어디지?"

조그마한 황토 항아리 손잡이 같은 손가락을 편 채, 움막들 사이에 있는 성 같은 저택 하나를 가리켰다. 길고 윤기 있는 머리카락 사이 불쑥 솟아오른 종기 같은 집이었다. 꼬마가 하는 스페인어만큼이나 주변 경관과 잘 안 어울렸다.

"저거야?"

"아뇨. 아뇨. 아뇨……"

설마 하는 억양으로 되물으니, 녀석은 말도 안 된다는 표정으로 다시 그 성 같은 집 너머, 콘도르가 하늘에다 둥근 원을 그리고 있는 구릉 위를 가리켰다.

한참 올라야만 했다. 땀을 훔치며 조그만 개울을 끼고 도니, 홀연 나타나는 집 하나. 마을 어귀의 야자잎 지붕들과는 달리 기와지붕이었으며, 기왓장 사이사이 녹색 이끼가 비쳤다.

컹컹, 개 짖는 소리 들려오고 이목구비가 뚜렷한, 젊은 시절엔 꽤 예뻤을 것 같은 여인네 하나가 고개를 내밀었다. 뻘쭘하게 서 있는 날 보더니 마치 한 마리 곰이 산에서 내려왔다는 듯 깜짝 놀랐다. 나 역시 그녀만큼 놀랐다. 가무잡잡하고도 땅딸

막한 오십대 중반의 인디오 여인네가 나올 것이라 생각했기 때문이다.

"안녕하세요."

"셀레네는 여기 안 살아요, 안 온 지 한참 됐어요."

서둘러 문을 닫으려는 그녀 뒤로 그녀의 키보다 훨씬 큰 잿빛 그림자가 거실 바닥에 드려졌다.

"저…… 페드로 친구, 미겔입니다."

난 외판원이 고객에게 다가가듯 조심스럽고도 친절한 어조로 마르코스가 지어준 이름으로 나를 소개했다. 아들의 친구란 말에 안심할 줄 알았건만, 그 반대였다. 내 모습도, 페드로 이야기도, 거기에 '난, 탈옥수입니다'라고까지 했으니, 당연히 그럴 것이다. 그녀는 몸의 반 이상을 집 안에 둔 채, 한 손으로는 문고리를 잡고 또 한 손으로는 가슴을 가리고선 짧지 않은 내 이야기를 들어주었다.

"후아나라고 합니다. 잘 오셨어요. 들어오시죠. 아, 바보 페드로! 벌써 나왔을 텐데……."

사실 페드로가 자기 집으로 피신하라 했을 때, 그의 부모님 생각은 어떨까 걱정했었다. 지금의 나, 그 누구에게도 엄청난 부담일건만 그녀, 신세 졌으면 하는 말에 두말하지 않고 그렇게 하라 했다. 감사의 표시로 지폐 몇 장을 건넸건만 받지 않았다.

배낭이 어디 있나 찾아보니 닭장과 맞붙은 구석방에 새색시처럼 놓여 있었다. 페드로의 방인 듯, 그의 사진이 걸려 있었다. 한 손엔 졸업장이, 다른 손엔 꽃다발이 쥐어져 있는 걸로 봐선 고등학교 졸업식 때 찍은 사진일 것이다. 지금처럼 정직한 눈빛. 이런 녀석이 어떻게 마약조직에 발을 들여놓게 됐을까. 구석의 낡은 장롱 속에는 여전히 주인의 체온을 기다리고 있는 빛바랜 옷들이 걸려 있었다.

포소(Pozo, 빗물을 받아놓는 저수통)에서 물을 길어 세수를 하고 집 주위를 살피는데, 짤막한 노인네 하나가 구아바나무를 지나, 청석 돌계단을 오르고 있었다. 한눈에 페드로의 아버지임을 알았다. 놀랍다, 두 사람의 결합. 보잘것없어 보이는 인디오 남자가 백인, 그것도 금발미녀와 결혼을 하다니.

내 소개를 후아나가 대신했다. 고개를 끄덕이던 차메수마는 내 이름부터 물어왔다.

"미겔이라 합니다."

"아니, 네 본명 말이야."

"강경준입니다."

"누가 미겔이라 붙여줬어?"

"라파엘 세바스티안. 아니…… 마르코스요."

"카냐다의 마르코스 말인가? 어떻게 알게 된 사인가?"

"네…… 아래, 협곡에서요. 아니…… 그전에 멕시코국립대학교에서 그의 수업을 들은 적이 있습니다."

순간 그의 표정이 싸늘해졌다.

"마르코스를 아세요?"

"그를 멀리해."

"왜요?"

"아냐, 그냥…… 해본 소리야."

후아나가 만사니야차 두 잔을 조용히 탁자 위에 올렸다.

"여기 사람들은 왜 신발을 신지 않는지요?"

"딱딱한 신발들이 땅을 아프게 한다고 믿기 때문이지……."

후아나가 작고도 낮은 소리로 점심식사는 했냐고 물었다. 난 뻔뻔스럽게 작지 않은 소리로 못 먹었다고 했다. 잠시 뒤, 레몬나무 울타리에서 '꼬꼬댁……' 닭 비명소리가 들렸다.

🍃

페드로 여동생들 사진. 이란성 쌍생아라도 그렇다, 도통 안 닮았다. 한 애는 백인이고 또 한 애는 인디오다. 쌍둥이가 아니라 그냥 친척이라 해도 믿기 어려울 정도다. 하긴 중남미에는 그런 가족들이 적잖게 있다. 격세유전으로 인해 부모를 전혀 닮지 않은 자식까지 나온다. 친구집에 갔는데, 식구들의 피부색이 M&M 새알 초콜릿처럼 전부 달랐다. 부모들은 노란 빛깔의 메스티소, 자식들은 백인, 인디오, 물라토 등.

이름마저 그녀들의 이미지와 안 어울렸다. 아니, 서로 맞바꾸면 될 것 같았다. 소칠Xóchitl은 멕시코 원주민 언어인 나우아틀말로 꽃이란 뜻인데, 인디오 여자 이름으로 많이 쓰인다. 근데 백인 여자애 이름이 소칠이고, 인디오처럼 생긴 여자애 이름이 셀레네Selene다. 신기해서 후아나에게 물으니 여섯 살 되던 해, 질투심이 많은 지금의 소칠이 꽃처럼 예쁜 건 자기라며 이름을 바꿔버렸다는 것이다.

전기가 안 들어와서인지, 다들 일찍 잔다. 차메수마의 코 고는 소리, 기관지가 안 좋은 잡종견 구아르디안의 가래 끓는 소리, 꼬꼬 암탉 소리.

99, 98, 97……

21

포도나무 한 그루

차메수마 내외를 도와 옥수수 밭을 일구고 소, 양을 돌보며 지낸 지 5개월. 그들의 아버지는 정액 같은 비를 내리는 하늘이요, 그들의 어머니는 그것으로 싹을 틔우는 땅이다. 그 점에서 그들은 부모를 잘 만났다. 적당한 강우량에, 빗자루를 꽂아도 싹이 난다는 비옥한 토양, 정말 누워 있어도 감이 입속으로 떨어질 것만 같다. 고추, 마늘, 호박, 토마토, 감자, 고구마, 옥수수…… 지구상 과일과 야채 절반 이상의 원산지가 바로 이곳이다. 하지만 가난에서 벗어나질 못한다. 부패한 정치가들 때문이다. 지난 5개월간 차메수마와 난, 많은 이야기를 나눴다. 밥을 먹거나, 도미노 게임을 하는 동안에도 멕시코의 정치, 경제에 관한 담론을 즐겼다. 차메수마 같은 인텔리 인디오들은 정치가

만 없으면 잘살 수 있을 거라 믿는다. 그런 점에서 마르코스, 노팔 등과 한통속이다. 단지 실천하는 방법만이 다를 뿐.

그동안 난, 쫓기는 몸이란 걸 잊고 지냈다. 신은 인간이 고통에서 벗어날 수 있도록 날개 하나씩을 달아줬다. 가끔 그 날개, 고통보다 무겁다. 하지만 파타고니아에선 날 필요가 없으니 날개가 필요 없다. 날개가 필요 없으니 신도 필요 없다. 꿈에도 그리던 파타고니아에 온 듯 지냈다.

어느 날, 차메수마가 포도나무 한 그루를 건넸다. 어렵게 구한 것이라며 정성껏 키워보라고 했다. 난, 포도나무와 약속했다. 내가 퇴비를 주면 눈알보다 더 까만 포도 만드는 법을 가르쳐주기로. 맑은 이슬이 붉은 포도즙이 되는 게 요술이 아니라, 끝없이 뻗어나가는 넝쿨의 사랑이란 걸 알알이 보여주기로. 물을 주고 줄기와 잎이 위로 향하도록 긴 막대를 꽂아주면, 하늘에 있는 그녀에게 내 마음마저 전해주기로.

❦

까무잡잡하고 짤딱막한 차메수마는 어떻게 금발의 미녀인 후아나와 결혼할 수 있었을까? 도미노 칩을 던지는 그의 번개 같은 눈빛으로 알았다. 고학력도 한몫했겠지만 비상한 머리 때문이었을 것이다. 마르코스가 그의 이름 앞에 돈Don.이란 경칭을 붙여준 이유이기도 할 것이다. 난 그를 이기지 못한다. 열 판 중 한 판을 겨우 이길 정도이며, 그것도 그가 실수를 해주는 경우다. 어떻게 후아나와 결혼할 수 있었냐는 물음에 그녀에게 직접 물어보라며 껄껄거렸다. 노인네 역시 아름다운 아내를 맞이한 자신을 대견스럽게 여기는 듯했다. 기분이 좋았던지 안방에서 술 한 병을 갖고 나왔다. 메스칼이었다. 반병 정도 비웠을까. 무용담에 가까운 후아나와의 연애시절 이야기를 꺼냈다. 누군가에게 자랑하고 싶었을 건만, 근질근질한 입으로 이 깊은 산중에서 어떻게 지냈을까. 옆에서 야채를 다듬던 후아나는 부끄러운 듯 소쿠리를 안고 부엌으로 들어갔다.

모렐로스주립대에서 법학을 전공한 차메수마는, 졸업과 동시에 주 정부 공무원으로 임용되었다. 같은 부서에 근무하는 후아나에게 반하지만, 백인인 그녀는 인디오인 그에게 눈길 한 번 주지 않았다. 거의 매일, 그것도 요일에 따라 종류를 바꿔가며 꽃을 바쳤다. 하지만 그녀는 세간의 상식처럼 인디오는 인디오일 뿐이라고 여겼다. 거기에다 그녀에겐 남자친구까지 있었다. 그러던 어느 날 기회가 찾아왔다. 그녀의 애인이 배신한 것. 그 남자는 그녀 몰래 더블, 아니 트리플 데이트를 즐기고 있었다. 지독히 우울해하던 날, 책상 위에 놓인 차메수마의 꽃다발은 여지없이 쓰레기통에 처박혔다. 전혀 개의치 않는 듯, 다시 꽃병은 아름다운 꽃들로 채워졌다. 다시 처박히고 또 채워지고……. 어느 날 그 꽃병, 문득 비어 있던 날, 섭섭함이 밀려들었다. 섭섭함은 관심이 되고, 관심은 애정으로 변했다. 결혼 후 신접살림을 쿠에르나바카에서 차렸지만, 차메수마는 60년대 초 모렐로스 원주민 폭동사건을 주도한 혐의로 5년간 옥살이를 하게 됐다. 페드로 나이 아홉, 쌍둥이 자매 일곱 살 무렵, 차메수마는 출소했지만, 고문 후유증으로 건강이 나빠져 식솔을 이끌고 귀향하게 된 것이다.

"왜 마르코스를 가까이하지 말라 하시는지?"

한참을 머뭇거리다가 그는 셀레네 이야기를 꺼냈다. 그녀는 집권당인 제도혁명당의 차기 대통령후보로 거론되는 카를로스 살리나스 데 고르타리의 저격을 동료와 함께 시도한 바 있다. 실패한 후 어디론가 잠적했는데, 그날 이후부터 경찰과 정부군들이 집을 들락거린다는 것이다. 말하자면 마르코스 때문에 셀레네가 게릴라가 됐다는 주장이다. 마르코스가 있는 카냐다협곡의 초칠과 첼탈족은 사실 이곳 원주민들이 아니다. 그들은 토지 및 종교분쟁으로 인해 그들의 공동체에서 추방당한 캄페시노(소작농)로서, 정부의 적극적인 이주정책으로 1960년부터 치아파스의 다른 지역이나 유카탄반도에서 쏟아져 들어온 유랑민들이다. 거기에다 소위 '남부의 미개척지'에 대한 꿈을 키워오고 있었건만, '약속의 땅'이라 믿었던 그곳은 백인 목장주들이 소를 방목하고부터 황무지가 돼버렸다. (산타로사 마을 어귀에 있는 성 같은 저택이 바로 그 당시 한 백인 목장주의 별장이며, 발전기를 돌리기에 유일하게 밤에도 환한 곳이다.) 정부를 믿고 피땀 흘려 땅을 일구어온 그들은 감내 못할 배신감을 느끼기 시작했다. 설상가상으로 정부는 에히도(Ejido, 농촌의 공동생산단위)에 대한 점유권을 문서화해주겠다는 약속마저 어겼으며, 제도혁명당의 영구집권을 위해 인디오들의 투표용지를 훔쳐가선 마음대로 찍기까지 했다. 인내심에 한계를 느낀 그들은 마침내 자위대를 조직했으며, 목장주들과 정부를 상대로 목숨을 건 투쟁을 하기에 이르렀다.

"이런 상황에서 마르코스의 출현은 불 위에 기름을 붓는 격이지."

차메수마가 마르코스를 탐탁지 않게 생각하는 이유는 단지 셸레네가 그의 영향을 받아 게릴라가 돼버렸기 때문만은 아니다. 그들 에히도 이주민으로 인해 원주인 격인 산타로사 주민들마저 정부 혜택을 못 받게 되고, 거기에다 신변의 위협까지 느끼게 된바, 그 중심에 마르코스가 존재한다고 믿기 때문이다.

차메수마는 묻지도 않았건만, 술이 한잔 되었는지 소칠에 관한 이야기를 풀어놓았다. 고등학교를 졸업하던 해, 그녀는 산크리스토발에 있는 한 공증사무소에 취직했다. 이듬해 같은 사무실 직원과 눈이 맞아 결혼을 했지만, 남편이 심한 주정뱅이인데다가 여자 문제까지 복잡해, 1년 만에 이혼했다는 것이다.

과묵한 차메수마, 생애 가장 긴 이야기를, 그것도 나에게만 들려줬을지도 모른다. 그런 그가 새삼 고마웠다.

오랜만에 권총 손잡이 덮개 속 사진을 들여다본다. 99, 98, 97……. 피곤한 날에는 곧잘 나타난다. 그녀. 슬피 울어, 이유를 물으면 멀어져간다.

22

산드리타

샤망원숭이 한 마리가 코요테들에게 습격당하고 있었다. 마체테를 휘두르며 놈들을 쫓아봤지만, 한두 마리가 아니어서 쉽지가 않았다. 급한 나머지 옆에 있는 돌을 들고 마구 던졌다. 그중 제일 큰 놈의 머리에 정통으로 맞은 뒤부턴 돌아오지 않았다. 피투성이가 돼버린 원숭이는 숨을 헐떡이며 죽어가고 있었다. 녀석의 가슴 속에서 뭔가 꼼지락거리는 게 있어, 펴보니 새끼였다. 원숭이의 모성애가 그렇게 지독한 줄 몰랐다. 코요테의 공격으로부터 어린것을 보호하려고 몸을 돌려가며 자기 살을 뜯어 먹게 했다. 두 발로 걷는 긴팔원숭이과인 샤망은 네 발로 걷는 긴꼬릿과 원숭이보다 동작이 느리다. 꼬리마저 없어 중심 또한 잘 못 잡는다. 나무에서 떨어지는 날엔 맹수의 먹이가 되기 십상이다.

"어디에 있던?"

차메수마가 물었다.

"정글 입구에요."

차메수마는 혀를 차며 그의 경험을 말했다.

"키우다 돌아가면 네 가슴만 아플 텐데……."

암컷이라, 작은 산드라란 뜻으로 산드리타라 부르기로 했다. 이빨이 채 솟지 않은 걸로 봐선 젖도 떼지 않았을 것이다. 난, 착한 소, 검둥이의 젖을 짜 먹였다.

밭일하러 갈 때도, 소 풀을 먹일 때도, 잠을 잘 때도 조그마한 손으로 내 새끼손가락을 잡고 잤다. 소변이 마려워 일어나면 오옹 하고 따라 일어나고, 잠을 자다 배가 고파 몰래 강냉이라도 먹을 양이면, 언제 따라 나왔는지 아앙거리며 내 입에다 손을 넣었다. 자다가 가슴 쪽 촉감이 이상해 눈을 떠보면, 내 납작한 젖꼭지를 빨고 있었다. 한시라도 내 몸에서 떨어지지 않으려 했다.

눈을 떠보니 산드리타가 보이지 않았다. 어디 갔나 찾다가 보니 '꾸꾸'거리며 지붕 위에 올라가 있었다. 이를 본 차메수마는 정글로 돌려보낼 때가 왔노라 했다. 착잡했다. 며칠간 밥도 잘 못 먹었다.

처음 발견한 지점에다 내려놓곤 몇 발짝 앞에 망고 하나를 던져놓았다. 녀석이 그걸 주우러 가는 동안 뒤돌아서 달아났다. 돌아오는 길, 눈물이 앞을 가려 발을 헛디뎠다. 후아나는 그런 날 위해 또 한 번 마음을 안정시켜준다는 만사니야차를 끓였다.

산타로사에는 시장도, 가게도 없다. 대신 탄다Tanda라 불리는 일종의 계契가 있어, 집마다 돌아가며 소나 돼지를 잡았다.

몇 개월 뒤, 소 탄다가 돌아올 예정이다. 차메수마는 벌써 탄다에 쓸 소를 점찍어두었다. 검둥이였다. 소들 중 나이가 가장 많다는 게 이유였다. 정든 검둥이마저 내 곁을 떠난다고 생각하니 잠이 오지 않았다. 99, 98, 97……

⬥

검둥이가 도살되던 날, 난 정글 깊숙이 숨어버렸다. 그곳까지 음매, 밀려오는 울음소리.

난 검둥이의 고기를 먹지 않았다. 후아나가 나를 위해 타말을 만들어주었다. 망고나무 밑에서 젖은 타말을 먹었다. 검둥이의 둥근 눈망울이 떠올라 목이 막혀버렸다.

오랫동안 기억에 남을 일이 일어났다. 이상기후로 폭풍이 장기간 계속돼, 정글이 온통 물에 잠겨버렸다. 다람쥐나 여우, 이구아나 같은 작은 동물은 옥수수 등 농작물을 해쳤고, 재규어나 코요테 같은 맹수들은 돼지나 염소를 수시로 잡아먹었다. 차메수마는 거의 장식용으로 소지하고 있던 벨기에제 12구경 브라우닝을 꺼낸 뒤, 기름을 치고 총알까지 장전했다.

놀라운 일 하나 더. 잠자리에 들려는데, 침대 밑에서 뭔가가 뽀시락댔다. 산드리타였다. 불쌍한 것. 얼굴에 상처하며, 푸석푸석 윤기 없는 털하며, 잘 못 먹었는지 꼴이 말이 아니었다. 폭우로 정글이 통째로 잠겨서 돌아왔을 것이다. 그래, 언젠가는 제 발로 돌아가겠지……. 그 무렵, 나 또한 떠나겠지. 한국어선이 들어온다는 라파스로 가야지. 짐칸이라도 좋으니 태워달라 해봐야지.

23

웨딩드레스

밭일을 끝내고 돌아와보니, 핑크빛 지프 한 대가 주차되어 있었다. 소칠이었다. 나를 보곤 깜짝 놀랐다. 뉴스를 통해 내가 탈옥수란 걸 알고 놀랐나 생각했지만, 이 골짜기에 동양인이, 더구나 자기 집에 와 있다는 사실에 놀랐다고 했다. ET와의 만남이라도 되는 양 비행접시라도 찾겠다는 듯 내 주위를 살폈다. 후아나의 잔잔한 미소를 훔쳐보곤 겸연쩍게 웃으며, 내 얼굴이 너무 잘생겨서 영화 찍는 줄 알았다고 했다. 물론 농담이었겠지만 정말 몇 해 전 NHK에서 〈다큐멘터리, 지구상의 마지막 오지〉란 제목으로 이곳을 촬영해간 적이 있다는 것이다.

받아든 가방이 꽤 무거운 걸 보니, 오래 묵을 건가 보다. 그녀의 방이 따로 있다는 걸 알지만, 왠지 떠나야 할 때가 온 것 같다. 그동안 소 탄다가 한 번, 돼지 탄다가 두 번, 염소 탄다가 네 번 있었다. 탈옥수란 사실을 망각하고 지낼 정도였으니, 편안한 나날이었다. 하지만 막상 세상 밖으로 나간다고 생각하니 겁도 났다.

"걱정 마. 내가 이미 말했잖아, 이게 다 네 집이라고⋯⋯. 방이 남아돌아."

떠난다는 '떠' 자도 꺼내지 않았건만 차메수마, 눈치가 빨랐다.

"음⋯⋯ 하지만."

"'하지만'이란 말, 여기선 안 통해."

소칠 또한 상기된 얼굴로 자기는 곧 떠날 예정이니, 걱정 말라고 했다. 하긴 돈도, 손 내밀 곳도 없다.

사진으로 어느 정도 짐작은 했지만 정말 그녀, 전형적인 서양미인이었다. 갸름한 얼굴에 백옥 같은 피부, 거기에 늘씬한 몸매까지. 하지만 오빠 페드로의 이야기에선 시골 시장 바닥 여인네처럼 울었다. 큼직한 눈망울에서 새어 나온 눈물로 젖어버린 속눈썹, 막 벼루에서 건져낸 붓처럼 보였다.

거실을 사이에 두고 내 방과 그녀의 방이 있었다. 처음엔 조금 불편한 듯 보였지만, 그 조금의 불편마저 봄눈 녹듯 사라졌다. 밀림에서 엉덩이를 드러내고 큰일을 보노라면, 내가 있음을 알면서도 지척에서 용변을 봤다. 개울에서 알몸으로 목욕하는 그녀와 마주칠 땐, 오히려 내가 먼저 고개를 돌려야만 했다.

어느 날, 동물을 좋아하지 않을 것 같은 소칠이 산드리타, 참 귀여운 이름이라고 했다.

"어디서 저렇게 예쁜 이름을……?"

"음……. 옛 애인 이름입니다."

"누구의……?"

"저의……."

"그럼…… 이름이라도 바꾸세요."

그 후 소칠은 산드리타를 정글로 돌려보내자고 했다.

✤

지붕을 뚫을 듯 요란스럽던 스콜이 멈추고 하늘에 둥근 달이 휘영청거리던 밤, 친구 결혼식에 간다고 마을로 내려갔던 소칠이 만취해 돌아왔다. 난 그녀의 발걸음 소리와 힘겨워하는 신음소리를 내 심장고동에 맞춰 들었다. 차메수마 내외는 깊은 잠에 빠졌는지, 듣고도 못 들은 척하는 건지 나올 기미가 없었다. 멀어져야 할 발걸음 소리가 갈수록 가까이 들렸다.

"미겔…… 미겔……."

조심스레 문을 열었다. 그녀, 거실에 큰대자로 누워 있었다. 길지 않은 치마가 들쳐져 상아색 허벅지가 달빛에 번쩍였다. 치마 끝을 내려준 뒤, 후아나를 부르려고 했다. 갑자기 그녀, 내 목을 당겼다. 술과 루주로 범벅된 입술로 내 입술을 막고선 혀를 밀어넣었다. 숨이 막혀왔다.

"미겔, 난 네가 좋아, 너무 좋아……."

"아냐, 이건……. 만약 네 부모님이 아시면…… 안 돼, 정말 안 돼."

아침에 잠시 얼굴을 못 볼 정도의 일이 아니었다. 부모님 같은 차메수마 내외와 친구, 페드로를 배신하는 일이었다. 그녀를 번쩍 들었다. 들고선 그녀의 방에다 눕히려는데, 다시 내 입술을 깨물듯 빨기 시작했다. 숫제 치마를 걷어올리곤 팬티까지 내리려 했다. 옷을 벗는 일이 몇 밀리미터 안 되는 천 조각을 피부로부터 떼어버리는 일, 그뿐일까. 남자로서 여자의 속옷 안쪽을 궁금해함은 개체번식을 위한 조물주의 치밀한 계산에서 비롯된 건 아닐까. 살다 보면 시야에 들어오는 대상에 따라 그 천 조각의 두께를 극복 못해 힘겨워할 때도 많건만, 지금 그 천 조각이 스스로 떨어져나갔다. 순간 오랜 기간 잠자고 있던 나의 남성이 기지개를 켰다. 바지 안으로 그녀의 손이 들어왔다.

"알기나 해? 이혼녀도, 과부도 혼자 못 산다는 거…… 난 네가 좋아."

그녀, 내 입술을 문 채 바지를 발목까지 내렸다.

"정말 매력적인 몸이야! 사랑해……."

난 답으로 키스를 했다.

"좀 더, 좀 더……."

한 손으로 그녀의 입을 틀어막으며, 난 힘껏 사랑했다. 그녀, 내 몸 위로 올라왔다. 달빛에 출렁이는 젖무덤, 맷돌처럼 돌려지는 우윳빛 엉덩이. 마침내 그녀, 절정인지 손톱으로 등을 할퀴었다. 그녀의 입을 굳게 막아야만 했다. 잠시 후 나 또한 이빨을 물고선 터져 나오는 신음을 참아야만 했다.

사랑 없이 섹스는 가능해도, 사랑 없이 키스는 불가능하다 했던가. 그렇다면 난 그녀를 사랑하기 시작했다.

노심초사 딸의 귀가를 기다리던 차메수마 내외, 곯아떨어져 있었을까? 잠귀가 밝은 노인네들이건만.

❦

소칠은 어딜 가든 날 따라다녔다. 차메수마 내외는 그런 그녀를 말리기는커녕, 소를 치러 갈 때나 옥수수 밭을 매러 갈 때도 태연히 2인분의 타말과 타코를 싸주었다. 우린 초원에 소들을 풀어놓고 실오라기 하나 안 걸친 채 코발트빛 하늘 아래서 섹스를 즐겼다. 벌거벗은 몸 위에 가끔 그림자를 드려놓는 대머리독수리만이 뜨거운 정사의 목격자였다.

아주 드물게 산드라가 떠올랐다. 가슴에 박힌 못은 오로지 새 못으로 뺄 수 있다는 스페인 속담이 사실이라면 그 새 못, 소칠일 것이다.

◉

소칠이 임신했다. 후아나가 그녀보다 먼저 낌새를 차렸다. 그들 내외는 침묵했다. 딸에게 뱃속 아기를 위해 조심하라 당부할 뿐이었다. 나를 대하는 태도 역시 여전했다. 마치 득도한 사람들처럼 보였다.

그녀가 입덧을 시작했다. 코카콜라가 못 견디게 먹고 싶다고 했다. 깊은 정글에 콜라, 그것도 코카콜라가 있을 리 만무했다. 십여 킬로미터 떨어진 산후안까지 가야만 구할 수가 있었다. 후아나는 그녀보고 별나다며, 날더러 가지 말라고 했다.

그녀의 핑크빛 지프를 몰고 산후안으로 나갔다. 시내로 들어서니 무장군인들이 쫙 깔렸다. 마르코스가 큰 걸 계획하고 있는 것 같았다.

가게에서 콜라를 산 뒤, 온 김에 이것저것 생활용품을 구입해볼까 하고 진열대를 살피는데, 누가 뒤에서 계속 지켜보는 듯

했다.

"관광객이오?"

"네…… 관광객입니다……."

"여권 있어요?"

"멕시코시티에 사는 친구네 집에 두고 왔어요."

"스페인어를 잘하시네. 어디서 배웠소?"

"음…… 고맙습니다. 하지만 아직 자알…… 스페인어 못해
요……."

순간 내 말이 어눌해지자, 더욱 의심하는 눈치였다.

"어디 출신이요?"

"전, 미국…… 사람, 후손……."

"무슨 후손?"

"애니깽."

내 입에서 정말 터무니없는 말이 튀어나왔다. 미국 사람이라
했다가, 스페인어를 잘 못하는 한국계 후손 애니깽이라 했다가.

"하하…… 당신 정말 코미디언 같군요. 그만 가보세요."

아니, 이건 또 뭔가. 정말 가라는 건가.

"고맙습……니다."

돌아와서 산후안에서 있었던 이야기를 꺼내자, 다들 긴장했
다. 애니깽이란 대목에서 갑자기 웃음을 터뜨렸다. 멕시칸들은
애니깽을 그냥 선박용 로프의 재료로 쓰이는 선인장의 일종으

로만 알고 있다는 것이다. 내가 애니깽 후손이라 했으니 결국 '나는 선박용 로프입니다'라고 말한 결과가 돼버렸다. 늦은 저녁 후아나는 또 한 번 나를 위해 만사니야차를 끓였다.

☙

차메수마 내외께 결혼 승낙을 부탁했을 때 그들의 표정은 참으로 밝았다. 사위보다는 아들이 되는 느낌. 어쩌면 난, 그들의 딸보다 그들을 더 사랑하는지도 모른다.

곧 배가 불러올 소칠을 위해 화장실을 만들기로 했다. 결혼 후에는 지금의 집과 조금 떨어진 곳에, 내가 좋아하는 구아바 나무 뒤편에다 통나무집을 지을 생각이다.

그녀의 배가 더 불러오기 전에 식을 올리는 게 좋을 것 같았다. 그녀가 초혼이 아닌 관계로 결혼식을 성당에서 올리지는 못할 것이다. 웨딩드레스 역시 흰색이 아니라 누런색이 되어야만 한다. 소칠은 그런 것들이 싫어서인지 전통혼례가 어떨까 했다. 중요한 건 그녀의 마음이니까⋯⋯.

결혼식 날짜를 소 탄다가 돌아오는 날로 잡았다. 차메수마 내외는 마을 부족장에게 결혼 일자를 알렸다. 음식이나 예식에 필요한 물품들을 도움받기 위해서다. 도움을 주는 이들을 파드리노라 부르는데, 어떤 이는 술과 음식을, 어떤 이는 혼례복을,

어떤 이는 양초나 예식용 밧줄(신랑 신부를 한 몸으로 묶기 위한 것)을 마련한다.

마을 사람들은 나에게 호의적이다. 아니, 나의 존재조차 모르는 이가 많다. 다들 조용히 살고, 나 또한 숨어 지내니 말이다.

과묵한 차메수마 내외가 수다쟁이가 된 날이었다. 다만, 어머니께 어떻게 말씀드려야 할지가 걱정이다. 소칠, 늘 말씀하시는 코쟁이 여자에다. 이혼녀 아닌가.

24
예광탄

셸레네가 왔다. 남장한 그녀를 보고 많이 놀랐다. 야무진 몸매에 날카로운 눈매, 여전사라 하더니 보기에도 그랬다. 창이 넓은 밀짚모자를 벗곤 이마의 땀을 훔친 뒤 나에게 악수를 청해왔다. 맨손이었건만 거친 장갑을 낀 듯했다. 무두질을 끝내지 않은 가죽으로 만든 장갑.

잠자리에 들었던 소칠이 일어나 눈물 어린 포옹을 했다. 자기 반쪽을 껴안는 기분일까. 그러기엔 너무나 판이한 반쪽인데.

셸레네는 우리의 결혼을 자기 일인 양 좋아했다. 소칠은 손가락으로 구아바나무 아래 화장실을 가리키며 내가 만들어줬다고 했다. 두 번씩이나 결혼하는 동생이 한 번도 결혼 못해본 언니에게 하는 자랑이었건만, 피곤해 보이는 언니는 그런 동생이 예뻐 죽겠다는 표정을 지었다.

"와, 근사하다! 진작 만들어야지 했었는데……. 하긴 오빠 페드로만 감옥엘 안 갔어도."

"이런 게 뭐 필요 있어. 온 천지가 화장실인데……."

화장실 문의 스테인리스 손잡이를 돌려보던 차메수마가 퉁명스럽게 한마디 던졌다.

"아빠, 말이라고 하세요? 지금이 어느 시댄데. 아빠는 과년한, 아니 요조숙녀 딸 둘을 두고 있어요!"

이에 아버지도 질세라, 딸의 아킬레스건을 건드렸다.

"넌 애인 없어?"

딸 역시 만만치가 않았다.

"있어요, 엄청 많이……. 사랑은 받는 것이 아니라, 주는 것이라면서요. 마음에 드는 남자는 모두 내 애인이지 뭐……. 아빠가 늘 그렇게 말씀하셨잖아요."

아버지는 예나 지금이나 졌다는 표시로 손을 올려 보였다. 만사니야차를 끓이고 있던 후아나는 셀레네에게 핀잔을 줬지만, 핀잔까지 미소를 띠면서 했다.

셀레네가 원숭이를 보고선 귀엽다 했다. 이름을 묻기에 얼떨결에 산드리타라고 했다가 또 한 번 난리가 날 뻔했다. 거실에서 결혼예복을 입어보던 소칠이 뾰로통하게 다가와선 왜 여태 이름을 바꾸지 않았냐며 쏘아댔다.

오랜만에 딸 둘을 한자리에서 보는 차메수마는 기분이 좋은지 메스칼을 병째 들고 나왔다. 우린 늦도록 농사에 관한 이야기를 했다. 농작물 탄다가 없어졌으니, 필요한 작물은 직접 재배할 수밖에 없었다. 빵을 먹으려면, 당장 밀을 파종해야만 했다.

이제 소칠은 내 반쪽이 되었다. 하루만 언니와 자겠다고 베개를 들고 나갔다. 술을 몇 잔만 마셔도 곯아떨어지건만, 침대 옆이 허전해 잠이 안 왔다. 차메수마의 코 고는 소리, 구아르디안의 가래 끓는 소리, 꼬꼬 닭 소리마저 반가움에 겨워하는 두 자매의 대화를 덮진 못했다.

"네 연애 이야기나 해봐."

"언니 약 오르게? 근데…… 언제까지 있을 거야?"

"마을에 정부군 끄나풀이 있어. 곧 가야 해…… 네 결혼식을 못 볼 것 같네."

🌑

스콜이 멈춘 지 한 시간쯤 됐을 것이다. 시간상으로는 밤 10시경. 닭장 속 닭들이 유난히 꼬꼬거렸다. 수탉이 암탉들에게 횡포를 부리는지, 아님 며칠 새 병아리 몇 마리가 없어졌는데 닭장에 도둑고양이가 들었는지.

예정대로라면 셀레네는 지난밤에 돌아갔어야만 했다. 몸 상태가 좋지 않은지, 저녁을 먹은 후 그녀는 곧장 방으로 들어갔다. 차메수마 내외는 늘 그렇듯 일찍 잠자리에 들었으며, 소칠 또한 피곤한지 하품을 해대더니 곯아떨어졌다.

결혼한다는 사실보다 아버지가 된다는 사실에 더 흥분이 되었다. 일찍 장가든 친구 녀석의 아들 돌잔치에 간 적이 있다. 뭐 그리 좋은지 온종일 싱글거렸다. 지금까지 결혼은 청춘의 무덤이요, 자식을 낳는 일은 그 무덤을 애써 파헤치는 일이라며 떠들고 다녔는데, 막상 결혼한다고 생각하니 그 무덤, 부활을 위한 무덤일 것 같았다.

마당은 눈이 내린 듯 달빛으로 희었다. 창문 사이로 거인처럼 흔들리는 구아바나무는 고향집 향나무를 떠올리게 했다. 마을에 배 과수원 단지가 들어서고 다들 향나무가 배 농사에 좋지 않다고 베어버렸지만, 선친의 고집은 동네 이장 아니, 군수도 꺾질 못했다. 그 나무에 관한 내력은 잘 알지 못한다. 아니, 그렇다 할 내력마저 없을지도 모른다. 다만 할아버지에게 물려받은 두루마기를 깁고 또 기워 입으신 선친께서, 새것보다 옛것을 더 좋아하셨다는 사실만을 알 뿐이다.

눈을 감는다. 고향집이 떠오른다. 마당엔 붉은 고추가 널려 있고, 부엌 무쇠솥에선 치익 김이 솟고. 이내 젖어버리는 두 눈, 어머니를 찾기 시작한다. 어머닌 부엌에도, 마당에도, 어디에도 없다.

컹컹, 구아르디안이 짖자 한국에서 멕시코로, 멕시코에서 라칸돈 정글 속 산타로사로, 다시 구름을 타고 돌아온 느낌이었다. 개가 갈수록 거칠게 짖어댔다. 재규어인가? 그렇다면 염소들이 위험할 것이다. 순간 차메수마의 엽총이 생각나, 거실로 뛰쳐나왔다. 그때 들려오는 아무리 들어도 낯선, 경훈 캉, 세 마디. 아니길, 제발 내 귀가 잘못 들었기를 빌고 또 빌었건만.

"강경준 꼼짝 말아, 이제 모든 게 끝났다. 나, 누군지 알겠지? 판초, 프란시스코 멘데스. 30초 줄 테니 손들고 나와! 아님 네 골통을 날려버릴 테니⋯⋯. 그래, 이제 아주 사파티스타가 됐구나!"

얌생이였다. 프란시스코 멘데스가 놈의 이름이었다. 고래 힘줄보다 더 질긴 놈, 여길 어떻게 알고. 전생에 무슨 죄를 지었기에, 아니, 놈과 전생에 무슨 인연이었기에.

"9, 8, 7⋯⋯."

순순히 손을 들고 나가려는데 갑자기 놈의 셈이 빨라졌다.

탕탕탕⋯⋯! 이어서 들려오는 총소리. 나쁜 놈, 셈도 끝내지 않고 총을 쏘다니.

"나간다! 쏘지 마라!"

난 놈들이 쏘아댄 줄 알았다. 근데 그게 아니었다.

"셀레네, 쏘지 마! 널 잡으러 온 게 아니라, 날 잡으러 온 거야."

놈들의 무차별 난사가 시작됐다. 고요한 산속에서 터져 나오는 총소리는 격렬한 전장 속 대포 소리 같았다.

셀레네가 총신이 짧은 기관총 한 자루를 건네줬다. 쏠 줄 모른다고 하니까, 팔을 쭉 뻗어 방아쇠만 당기라고 했다.

비명소리가 들렸다. 차메수마가 맞았다. 다행히도 총알이 어깻죽지를 스쳤을 뿐이었다. 뒤따라 나온 후아나와 함께 차메수마를 부축해서 방으로 들어갔다. 다시 총알이 날아들고, 이번엔 내가 맞았다. 오른손이었다. 검지와 중지가 한두 마디씩 날아가버렸다.

"소칠, 나오지 마! 위험해! 그냥, 방에 있어!"

난 울부짖었다. 총소리 때문에 못 들었는지, 고집불통 성격 탓인지, 그녀, 나오다가 변을 당했다.

"이 바보야, 뭐랬어……."

셀레네는 연신 탄창을 갈았다. 난 그녀의 엄호 아래, 피범벅이 된 소칠을 안고 차메수마 내외의 방으로 들어갔다. 침대에 그녀를 눕혀놓고 옷을 벗겼다. 아랫배에 난 총알구멍을 막아보려 했지만, 피가 펌프질을 해대듯 뿜어져 나왔다.

"아, 신이시여…… 부디 도와주소서."

오랜만에 찾는 신이었다. 그럼에도 매일 해온 기도처럼 느껴졌다.

"딸아, 걱정 마. 넌 죽지 않을 거야. 착한 내 딸……"

침착한 후아나도 별수 없었다. 망연자실해 있었다. 소칠을 후아나에게 맡기고 셀레네를 도와야만 했다. 거실로 나가려는데, 소칠이 내 팔을 잡고 놔주질 않았다. 뒤돌아보니 얼굴이 납덩이가 되어 있었다. 부르르 떠는 그녀를 이불로 감쌌지만, 눈망울이 가늘어졌다.

"소칠, 힘내, 힘내라구!"

내 팔을 잡은 그녀의 손이 물속 잉크처럼 풀어졌다. 그녀, 마지막 힘을 다해 초콜릿색 입술을 열었다.

"사……랑……해……"

답도 못 해줬다. 아니 큰 소리로, 아주 큰 소리로 해줬건만, 그녀의 귀가 닫혀버린 뒤였다.

"야, 이 신 놈아! 해도 너무하는구나. 네놈을 미워하는 날 데려갈 생각은 않고 널 사랑하는, 죄 없는 사람만 데려가는구나!"

미친 듯 총을 잡고 밖으로 뛰쳐나가려는데, 셀레네가 붙잡았다.

"놔, 놓으란 말이야, 제발!"

"진정해 미겔. 아님, 우리 다 죽어."

"그럼…… 그럼, 어쩌란 말이야?"

셀레네, 천을 찢어 내 손등을 감싸며 말했다.

"닭장 뒤로 빠져. 그리고 밀림으로 들어가. 곧 따라갈 테니."

"부모님은?"

"놈들이 원하는 건 우리야. 서둘러, 마을 입구 그 성 같은 곳에서 보자구……."

더 머뭇거리다간 차메수마 내외가 위험할 것 같았다. 놈들을 교란하기 위해 밀림 입구에서 기관총을 쾅쾅 쏘아댔다. 첫 몇 발이 예광탄이었는지 주위가 환해졌다. 손가락 두 개가 달아난 내 손, 불빛 아래 한없이 낯설게 보였다.

4부

만나고, 알게 되고, 사랑하고,
그리고 헤어져버리는 것이,
하고많은 인간의 슬픈 사연이다.

-

콜리지

25
케찰

다친 손을 치료하기 위해 병원에 들를까 했지만, 상황이 상황인지라 약국에서 연고와 붕대를 구입해서 감았다.

산크리스토발에서 버스를 타고 과테말라 접경지역인 라구나스 몬테베요까지 갔다. 거기서부턴 빽빽한 밀림 속을 걸어야만 했다. 상처가 곪아 농이 차는지, 부은 손 뭉치가 화끈거렸다. 덧나게 되면 다른 손가락까지 잘라야 할지 몰랐다. 셀레네가 코카잎을 건넸다. 씹는 동안은 통증이 가셨다.

사람 발자국을 찾기 힘든 원시림이었다. 해가 있었음에도 빽빽한 나무들로 인해 하늘이 보이지 않았다. 대부분의 길은 몸을 비틀어 모로 가야 할 정도로 좁았으며, 끊어질 듯 이어지고 이어질 듯 끊어졌다. 총 맞은 손의 통증은 각색이었다. 쑤시다가 아리다가, 찢는 듯하더니 후벼 팠다. 한 발 또 한 발, 내딛는 걸음은 마치 거대한 바위를 통째로 옮기는 양 무거웠다. 그렇게 반나절 이상 걸어서 도착한 곳은 산케찰San Quetzal. 흥미로운 건 산은 성스럽다는 뜻의 스페인어이고, 케찰은 마야 및 아즈테카의 신神 케찰코아틀에서 따왔다는 것이다. 셸레네에게 그 연유를 물으니, 교회가 들어서고 선교사들이 원래 이름인 케찰을 스페인식 이름인 산코스메San Cosme로 바꿨는데, 이곳 원주민들이 완강히 거부하는 바람에 할 수 없이 원래 이름에다 산만 부치기로 했다는 것.

"케찰!"

셸레네가 두 손을 모아 소리치자, 어디서 메아리인 양, 케차아알 하고 들려온 뒤, 남자 하나가 지퍼를 올리며 언덕배기에서 내려왔다. 얼굴이 부스스한 게 잠을 자다가 뛰쳐나온 모양새다. 그치를 따라 꽤 급한 경사지를 오르니, 전방에 동굴 하나가 보였으며, 양쪽으로 움막들이 올려져 있었다. 굵은 나뭇가지 사이 축 늘어진 해먹들, 빨랫줄에 걸린 옷가지와 모포들, 앉기 좋아 보이는 바윗돌 주변에는 막 바비큐를 해 먹었는지 사그라지는 불꽃 아래 고기 냄새가 피어올랐다.

다들 놀라워하면서도 반가워했다. 그들은 내가 탈옥수라는 것에 놀랐으며, 생각지도 않았던 대원 하나가 제 발로 들어왔다는 것에 반가워했다. 근데 한국인이라서 더 반갑다고 했다.

이유가 뭘까?

대원이라야 몇 안 돼 보였다. 초창기엔 서른 명도 넘었지만, 대부분 마르코스가 있는 카냐다로 내려가고 일곱이 남았는데, 그나마 둘이 죽었다고 했다. 그중 대장이라 불리는 이는 놀랍게도 160센티미터도 안 돼 보이는 단신이었으며, 게다가 몸까지 허약해 보였다. 하지만 눈매만은 매서워, 얼핏 사시미 김의 눈과 닮은 듯했지만, 그렇지 않았다. 사시미 김의 눈은 한곳에 고정될 때 흔들리지 않았지만, 그의 눈은 등대처럼 사방을 둘러보면서도 한결같았다.

"안녕하십네까?"

그가 인사를 우리말로, 그것도 북한 억양으로 했다.

"네, 안녕하세요."

인사말밖에 모르는지, 그다음부턴 스페인어로 했다.

"반갑습니다. 저는 노팔 아길라스 세르피엔테스입니다."

웃음이 터져 나올 뻔했다. '저의 이름은 선인장Nopal, 독수리들Aguilas, 뱀들Serpientes입니다'라고 했으니 말이다.

"제 본명은 강경준입니다만, 미겔이라 불러줬으면 합니다."

노팔 아길라스 세르피엔테스. 선인장이 이름이고, 독수리가 부성父姓, 뱀이 모성母姓인 셈이다. 물론 독수리가 뱀을 물고 선인장에 걸터앉은 모양새, 그러니 멕시코 국기문양에서 따온 것이다. 이름만큼이나 골수 사파티스타인 그는 백인이 저지른 만

행에 렉스 탈리오를 적용하겠노라 했다.

그가 대원들을 소개했다. 대학교수 출신인 리카르도, 농부 출신인 칠판테목, 택시운전수 출신인 레오넬. 그중 도수 높은 안경을 낀 리카르도만이 메스티소이고 나머지는 인디오다. 마르코스가 팀워크 위주의 게릴라전을 펼친다면, 노팔은 요인 암살 등 특수공작을 위주로 한다.

"하하하…… 이제 레오넬 놈, 좀 쉬어도 되겠네. 우리 대원 중 하시시 하는 놈이 있어요. 조준 도중 지나치게 긴장한 나머지, 자꾸 놓친단 말이에요. 끊어야 하는데…… 미겔이 좀 도와주시구려."

인도 대마초인 하시시를 즐겨 하면 청각과 시각이 예민해지는데, 하시시가 술과 다른 점은 흡연하는 사람의 의지에 따라 이완과 긴장, 그 어느 쪽에도 효과를 볼 수 있다는 점이다. 음료수에 타서 마시면 자칫 위험한 상황을 초래할 수 있어 담배처럼 흡입하는데, 이때 긴장을 하고 피우면 집중력이 높아져, 옛날부터 고도의 집중력을 요구하는 기능공 양성을 위해 사용되었다. 암살자를 뜻하는 아사신assassins은 바로 하시신hashishin에서 유래한 단어로 '하시시를 들이켜는 사람'이란 뜻이다. 지금도 많은 저격수들이 집중력을 높이기 위해 하시시를 피운다. 케찰 대원 중, 레오넬이 바로 하시신이라 했다. 레오넬은 몇 해 전, 대통령 델라 마드리드의 오른팔인 알폰소 디아스의 암살을 시도했지만, 저격 당시 하시시를 지나치게 들이켠 나머지 실패하고 말았다. 그 후 노팔은 레오넬에게 하시시를 끊으라고 당부하지만 한번 중독되면 빠져나오기 힘들 터, 더구나 대원마저 부족한 마당에 막 대놓고 욱지를 입장도 못 된다. 상황을 잘 아는 레오넬은 보란 듯 하시시에다 꿀 '무아살'을 섞은 뒤 이슬람 곰방대인 고자로 마구 피워대는 것이다.

🍂

노팔이 사진 한 장을 보여줬다.

"당신 동포들이오."

웬 한국 사람들? 하고 깜짝 놀랐다. 더욱 놀라웠던 건 목테수마 교수가 끼어 있다는 사실이었다. 사진 뒷면에 자로 잰 듯 정자로 쓴 글이 있었다. '같은 종족 동지를 만나게 되어 반갑습네다. 오경국, 리상철, 김인택.' 사진을 뒤틀어야 읽을 수 있는 삐뚤삐뚤한 글도 있었다. 근데 이것이 숨 막히게 했다. 'Están en su casa. Es la tierra de sus parientes.(언제든 환영입니다. 이곳은 여러분 친척 땅입니다.)'

사진 속 북한군은 니카라과에서 산디니스타들에게 특수 게릴라전술을 가르치는 교관들이었다. 북한이 게릴라전술에 최강이란 걸 잘 아는 목테수마 교수가 니카라과에 파견된 북한

교관들을 초청한 것이었다.

레오넬 놈이 나와 셀레네의 관계를 궁금해했다.

"넌, 그녀의 애인이 아니야."

"어떻게 알아?"

"알지. 레즈비언이거든……."

녀석은 하시시를 한 입 뿜으며 낄낄거렸다. 근데 히쭉거리는 놈의 입술이 싫을 뿐이지, 그 입술에서 새어 나오는 하시시 연기는 싫지가 않았다.

동굴 한쪽 구석에 자릴 잡았다. 벽에 솟은 돌은 훌륭한 옷걸이였다. 배낭과 윗옷을 건 뒤, 산양 노린내가 풍기는 모포를 뒤집어썼다.

99, 98, 97…….

꿈에 보이는 소칠, 조그만 아이의 손을 잡고 있었다. 남자아이였다. 나와 소칠을 반반씩 닮은. 미겔리토(작은 미겔이란 뜻), 감자 씨알만 한 손을 흔들며 사라졌다.

약초 덕에 다친 손은 많이 나았다. 하지만 오른손에서 성한 손가락은 새끼손가락뿐이었다. 노팔도 그런 나에게 선뜻 총을 맡기려 들질 않았다. 그래도 밥값이라도 해야 할 텐데 걱정을 하니, 호신술을 가르쳐달라고 했다.

"합기도, 무슨 뜻이야?"

"한자로 합은 모은다는 뜻, 기는 기운을 뜻하니 결국 기를 모은다는 뜻입니다."

"눈에 보이나?"

"눈에는 보이지 않지만, 마음에는 보입니다."

"음…… 말장난 같다. 얼마나 걸려, 잘하려면?"

"글쎄요, 저는 한 10년 했습니다."

"10년? 푸하하……… 그때까지 살까!"

접시안테나를 통해 TV를 시청했다. 발전기는 하루 한 시간 정도. 그러니 오후 8시 뉴스 시간대에만 돌렸다. 뒤판의 상표를 들여다보니 금관 모양이 그려져 있는 게, 국산이었다. 이런 오지에서 우리 제품을 만나다니, 적잖은 감동이었다.

한국에 관한 뉴스는 대부분 시위에 관한 것이었다. 화염병을 던지고, 진압봉으로 머리를 두들기고, 최루탄을 쏘아대고…….

훈련은 선선한 오전에 주로 했으며, 점심식사 후 두 시간 정도는 해먹에서 낮잠을 자거나, 도미노 게임이나 축구를 했다. 오후 늦게는 멕시코 자치행정대 교수였던 리카르도의 지도 아래 종속이론, 해방신학, 신경제제국주의 등 정치경제 분야를 공부했다. 첫날에는 미국사회에서의 불평등에 관한 강의를 들었고, 둘째 날에는 체 게바라의 혁명 정신에 관한 강의를 들었다.

'기회의 땅'으로 인식되어온 미국은 과연 평등한 국가일까? 윌슨이 민족자결주의 원칙을 언급했을 때 그는 백인국인 벨기에의 권리를 염두에 두었던 것이지, 아메리카 대륙의 원주민이나 제3세계의 유색인종을 위해서가 아니었다. '불굴의 백인우월주의자'였던 그는 각료회의에서 '검둥이'라는 말을 서슴지 않고 뱉었으며, 흑인에게 주어졌던 관리직마저 빼앗았다. 미합중국이 정착한 해는 언젠가? 미국 역사교과서로 공부하는 학생들은 당연히 1620년이라 답할 것이다. 백인들이 인디언을 몰살시키고 정착했던 버지니아 지역의 역사는 지워버리고, 평화적 정착에 성공한 뉴잉글랜드 지방을 최초 정착지로 기술하고 있기 때문이다. 유럽의 천연두 등 악성 전염병이 신대륙에 번져 면역력이 전혀 없는 인디언들이 힘없이 죽어감에도, 백인 식자층들은 이러한 천연두 같은 역병을 두고 야만인 제거를 위한 '신의 놀라운 기적이자 은총'이라고 했다. 콜럼버스 일행이 도착했을 무렵 아메리카 대륙에는 적게는 800만, 많게는 1,600만 정도의 원주민이 살고 있었다. 이들은 수백 개의 부족국가로 나뉘어져 있었으며, 그중에서 멕시코에 터를 잡은 마야와 아즈테카, 페루 지역에 터를 잡은 잉카족은 그 당시 유럽 문명과 궤를 달리하였을 뿐, 지구상 그 어떤 민족보다 훌륭한 문명을 지니고 있었다. 하지만 대륙의 정복자들은 진보와 문명의 이름으로 불과 십여 년 만에 절반 이상의 원주민을 학살하고 말았다.

리카르도의 강의는 날 변화시켰다. 체 게바라 이야기에선 감동의 눈물까지 흘렸다. 그렇다. 그의 말처럼 역사는 승리자가 쓴다. 콜럼버스 데이를 경축하는 이들이 있는가 하면, 제삿날 혹은 망국일로 슬퍼하는 이들이 있다. 이것이 역사를 쓴 자들과 그대로 읽을 수밖에 없는 자들 간의 현실적 간극이다. 핍박받는 인디오를 위한 투쟁 등 거창한 명분은 못 될지라도, 싸울 수 있겠구나 생각했다. 소칠과 뱃속 아이의 복수를 위해서라도⋯⋯.

26

MUM

칠판테목이 사살됐다. TV 화면에 그의 머리에서 총알이 튀는 장면이 생생히 담겨 있었다. 부정축재의 원흉으로 꼽히는 법무부 장관 로페스 벨라르데의 저격을 시도하다가 포위된 상태에서 이십여 발의 총알을 맞고 즉사했다. 대원들의 사기가 극도로 저하되었다. 그만두자고 하는 이도 있었다. 다들 노팔이 한마디 해주길 바랐지만, 그의 입은 열리지 않았다.

레오넬은 하시시를 한층 더 깊이 빨았다. 놈의 눈알은 노란색을 넘어 녹색이 돼가고 있었다. 변함없는 이는 여전사, 셀레네였다. 마지막 사람의 마지막 호흡이 멈출 때까지 밀고 나가자고 했다.

우물가에서 금반지 하나를 주었다. 모양새가 결혼반지나 약

혼반지로 쓰이는 아르고야였다. Alejandro y Xóchitl이란 글씨
가 새겨져 있었다. 셀레네가 소칠의 반지를? 그렇다면 알레한드
로는 누굴까? 순간 질투심이 동했지만, 어린 시절 이름이었던
'소칠'을 셀레네가 여전히 고집하고 있다던 후아나의 말이 떠올
랐다. 하지만 레오넬의 말처럼 셀레네가 레즈비언이라면 반지의
주인이름은 Alejandro가 아닌, Alejandra가 돼야 할 것이었다.

칠판테목이 죽은 지 4일째 되던 날, 노팔의 입은 열렸다. 노
팔은 셀레네와 많은 이야기를 나눴는지, 그녀를 치켜세우며 전
열을 가다듬자고 했다. 다들 고개를 끄덕였다. 노팔은 고맙다
며 대원들을 포옹했다. 그의 체온이 느껴졌다. 쫓겨 오던 날 느
꼈던 그 따스함이었다.

민중 3적의 암살을 위한 구체적인 작전에 돌입했다. 나와 레
오넬이 한 조, 셀레네와 리카르도가 또 한 조가 되었다. 조별로
번갈아 거사하되, 사수는 베테랑 격인 셀레네와 레오넬이 맡기
로 했다. 남은 총은 다섯 자루. M21 두 정과 TRG-21 한 정, 그
리고 소음기가 부착된 VSK-94와 구식 윈체스터 M70. 그중 단
발식인 윈체스터 M70이 신참인 내 차지가 되었다. 물론 가장
성능이 뛰어난 TRG-21은 최고참 격인 셀레네에게 돌아갔다.

막상 살인을 한다고 생각하니 숨이 가빠왔다. 그제야 하시신
인 레오넬을 이해할 수 있을 것 같았다. 새끼손가락으로 방아
쇠를 당기는 일은 생각보다 힘들었다. 손가락에 힘이 들어갈 수

밖에 없었기에 총열이 흔들렸다. 며칠 만에 오른쪽 눈 주위가 안경원숭이처럼 파랗게 됐다.

셀레네의 심화교육이 있었다.

"저격용 총은 힘과 정확도를 우선으로 치기에 반동이 강하다. 하지만 그 반동을 얼굴에서 느낀다면 사격자세 불량이란 뜻이다. 바른 자세에서는 왼쪽 팔꿈치에서 총의 후퇴를 느낀다."

레오넬까지 그녀의 말에 귀 기울였다.

"접안고무에 눈을 바짝 붙이고 조준하면 스코프렌즈에 김이 서리니, 눈과 접안고무 사이에 적당한 간격을 유지해야 한다."

리카르도는 접안고무의 간섭을 심하게 느끼는지, 안경을 벗었다가 꼈다를 반복했다.

"스코프는 조준선을 정렬하는 크로스 부분과 확대 부분으로 나뉜다. 스코프를 달고도 '0점'을 잡아야만 한다. 0점의 위치가 사수마다 다르기에 0점을 잡아놓아도 다른 이가 사격할 때는 또다시 잡아야만 한다."

레오넬 놈이 갑자기 총부리를 내 쪽으로 돌렸다. 스코프를 만지작거리더니 히죽거리며 소리 없이 쾅, 입 모양을 냈다. 자식, 나더러 '졸병'이라 놀려대지만, 하시시를 물지 않으면 0점도 못 잡는다.

"저격수는 엎드려쏴보다는 서서쏴를 한다. 발포 후 기동성

담보와 위에서 아래로 내려 쏘게 만드는 발포 장소 때문이다."

난, 스코프를 통해 서서쏴 자세로 그녀를 내려다봤다. 놀랍게도 소칠이 보였다. 살며시 웃을 때였다. 나에게 사랑을 고백하던 그날, 그 해맑은 미소……

🜨

셀레네가 자기 이니셜인 S자가 새겨진 총알 몇 개를 보여주며, 화살촉에다 독사를 새겼던 인디오 추장 구아우키체에 관한 이야기를 들려줬다.

"백발백중의 신궁 구아우키체는 빗나간 화살도 되돌려서 목표물에 꽂았지."

"과장은……. 정말이야?"

"그럼, 교과서에도 나와 있어. 원주민 역사 부분에. 네 이니셜로도 몇 개 만들어볼까?"

"어떻게 만드는데?"

"쉬워, 칼과 황산 몇 방울이면 돼."

"위험하지 않아?"

"뇌관만 건드리지 않으면……. Miguel의 M자로 할까?"

"아니…… MUM."

"무슨 뜻이야?"

"몸, 아니…… 죽음이 마렵다Me Urge Morir는 뜻."

"왜, 일찍 죽고 싶어서? 꼭 첼탈족 전설에 나오는 '여자 목숨으로 사는 남자' 치첸처럼 말하네……."

"아니, 농담이야……. 내 이름, 미겔 우나무노 민의 이니셜이야."

"어머니 성씨가 민이야?"

"응, 민숙희……."

"그럼 우나무노는?"

"내가 좋아하는 스페인 철학자 이름. '뼈와 살로서의 인간'이란 구절로 유명한……."

뒤늦은 감은 있었지만, 난 그녀에게 저격수가 된 동기를 물었다. 반지 주인 때문이라 했다. 저격 현장에서 실패해 총을 입에다 박곤 방아쇠를 당겼던, 케찰 최초의 저격수 알레한드로 구스만.

묻지도 않았건만 자기는 레즈비언이 아니라 했다. 무탈하게 지내려다 보니, 레즈비언 흉내를 낼 수밖에 없었노라 했다. 'MUM'이라 새겨진 총알을 건네는 그녀의 손, 예전과 달리 가죽장갑 같지 않았다.

27
하시신

알폰소 디아스가 치아파스로 들어온다는 정보가 입수됐다. 정권의 실세 중 실세인 그는 제도혁명당 5선 의원이다. 라칸돈 정글에 백인 목장을 세운 장본인이며, 지역개발위원장으로서 인디오 축출의 선봉장 역할까지 해왔다. 산크리스토발광장에서 그의 연설이 예정되어 있었다. 레오넬에겐 두 번째 시도인 셈이었다. 거사를 앞두고 긴장이 됐다. 연신 하시시를 빨아 당기는 레오넬을 이해할 수가 있었다.

우리가 묵을 호텔은 소칼로광장과 오른쪽으로 대각선 방향에 있었으며, 식민지풍의 5층 건물이었다. 꼭대기 층에다 방을 잡았다. 방에서 연단까지의 직선거리는 약 200미터.

레오넬 놈, 가득 수염을 붙였다. 안경까지 걸치니 막 화실에서 뛰쳐나온 전위예술가 같았다. 난 콧수염에 카레라표 선글라스를 꼈다. 청바지에 운동화까지 신으니 제법 일본인 관광객 냄새가 났다. 숙박부에도 그렇게 적었다. '요시무라, 관광객.'

작지만 예쁜 방이었다. 발코니엔 철제의자 두 개와 둥근 탁자가 놓여 있었으며, 탁자 위 질그릇 화분에는 부겐빌레아가 피어 있었다. 레오넬 놈, 엄지와 인지를 세워 연단이 차려질 소칼로 광장을 향해 총 쏘는 시늉을 했다. 그러곤 하시시를 빨아 당겼다. 이내 아담한 중세풍의 방은 연기로 가득 차버렸다.

발코니에서 쏠 수 있다면 최고겠지만, 자살행위가 될 것이었다. 방 안에서도 온전한 엄폐, 은폐를 기대할 수 없었다. 각은 120도 이상 살아 있었다. 예상되는 연단 위치를 기준으로 해서였다. 문제는 총을 걸 데가 마땅찮다는 것이었다. 스탠딩으로 내려쏴 자세를 취해야 할 것 같았다. 레오넬 놈, 하시시 꽁초를 뱉더니 기타 케이스에서 라이플을 꺼냈다. 놈도 실전에는 진지했다. 동시에 겨누되, 사수인 레오넬이 발포한 뒤, 내가 쏘는 걸로 했다. 경우에 따라선 발포도 못하거나, 그럴 필요도 없었다. 어떤 경우든 발포 후 30초 안으로 현장을 떠야 했고, 3분 안으로 반경 500미터 밖에 있어야 했다. 무대는 예상한 곳에 설치되고 있었다. 약간 비스듬히 세워진 까닭에 각이 30도 정도 죽어버렸다. 옆방이라면 딱 좋았을 텐데.

목표가 올랐다. 눈을 스코프에 붙였다. 뭘 받칠 수 있다면 좋으련만. 스탠딩으로 조준하려니 10초 이상 버티기가 힘들었다. 시간은 충분했으며 시야 또한 좋았다. 문제는 레오넬. 하시시를 너무 한 탓인지 녀석의 총 끝이 떨리고 있었다. 총 끝이 떨릴 정도면, 스코프 속 화상은 춤을 출 것이다. 하시시를 그만 빨아라, 외쳤지만 막무가내였다.

손에 땀이 찼다. 총을 열 번도 더 겨누고 내렸다. 생각지도 못한 장애물 때문에도 그랬지만, 레오넬이 자꾸 타이밍을 놓쳤다. 마침내 총이 아니라 역기를 받쳐 들고 있는 느낌이었다. 연설 내용으로 봐, 막바지인 듯했다.

"레오넬, 내가 먼저 쏠까?"

"안 돼, 새끼야, 입 닥쳐!"

"시간이 다 됐어!"

"하시시나 줘! ……이 되놈아!"

'헉' 하고 서너 번 빨더니, 레오넬, 다시 정조준에 들어갔다. 몇 초 후, 내 스코프에도 목표가 80퍼센트 이상 잡혔다. 크로스 부분에 목표의 가슴이 올랐다.

"레오넬, 놈이 잡혔어……."

"그래…… 알았어, 나도……."

"······쾅!"

레오넬의 총은 불을 뿜었지만, 내 스코프에선 목표가 이미 빠져나간 뒤였다.

잡았을까? 녀석은 그렇다고 생각하는지 손가락으로 O를 그리며 웃었다. 입에다 하시시를 꼬나물곤 호텔 방을 빠져나갔다.

나쁜 놈. 난 30초 이내 녀석의 총까지 챙겨야만 했다. 총 두 정을 챙기는 동안 이미 늦어버렸음을 알았다. 호텔이 포위되고 있었다. 사이렌 소리가 사방에서 들렸다. 그때였다. 창 너머, 인도 위를 도망치듯 달리는 레오넬이 보였다. 그 뒤를 추격하는 경찰들. 연이어 터지는 총소리에 광장은 아수라장이 됐다.

어수선해진 틈을 타, 방문을 열고 로비로 내려갔다. 다들 연설 구경하러 광장으로 가버렸는지, 청소아줌마만 남아 있었다. 젖은 손에서 미꾸라지 빠져나가듯 빠져나왔다.

레오넬은 입에 하시시를 문 채 사살되었다. 난, 그 덕에 살아남았다.

회의에 빠졌다. 강경준, 넌 여기서 뭘 하고 있는가?

❧

레오넬이 죽은 지 한 달이 지났다. 중독되고도 남을 양의 하시시를 남기고 떠났다. 너무나 자연스럽게 난, 고자에 불씨를 집어넣었다.

거울을 보고 놀랐다. 움푹 파인 볼, 불룩 튀어나온 광대뼈, 녹색 눈알의 낯선 사내가 거울 속에서 히죽거렸다. 셀레네만 핀잔을 줄 뿐, 노팔은 아무 말 않았다. 아니, 말했다. 그 역시 처음엔 하시시 없이 힘들었노라고 고백했다.

눈을 다쳐 더는 총을 쏠 수 없게 된 리카르도는 마르코스가 있는 카냐다로 내려갔다. 그 후 대원 몇이 더 들어왔지만, 남은 목표는 내가 처리하기로 했다. 그리고 떠나기로.

🌢

이제 새끼손가락으로도 원샷원킬을 해낸다.

첫 번째 저격에 성공하던 날, 꿈을 꾸었다. 피를 흘리며 덤벼드는 귀신 꿈이 아니라, 죽은 자가 하얗게 웃으며 쳐다보는 꿈. 눈을 뜬 뒤에도 그치, 한참 동안 주위에 머물렀다.

잠자는 게 두려웠다. 눈꺼풀을 뜨며 밤을 새워야만 했다. 밥 먹을 때도, 세수할 때도, 화장실을 갈 때도, 사람을 죽였다는 생각이 뇌를 찔렀다. 밥은 굶어도 하시시는 들이켜야만 했다. 마침내 노팔의 입에서 하시신이라는 말이 나왔다.

🌢

목표 셋 중 둘이 제거되었다. 두 번째 저격 땐 하시시에 술까지 마시며…….

난 유명인사가 돼버렸다. 아니, 뭄이 그랬다. 두 구의 시체에서 나온 MUM이 새겨진 총알 때문이었다. 신문들은 대서특필했다. 얼굴 없는 저격수, 세뇨르 뭄Sr. Mum은 원주민들 사이에서는 태양신 버금가는 존재가 됐다. 남은 목표는 세 번이나 저격을 피해간 제도혁명당 대통령후보, 살리나스 데 고르타리. 대통령선거 유세 겸, 지진 희생자 추모식에 참석하기 위해 시티 중심 레포르마에 나타날 것이라는 정보가 입수됐다.

셀레네가 함께하겠다는 걸, 극구 말렸다. 그녀의 다친 발목 때문이기도 했지만, 누구를 곁에 두고는 정조준이 안 되기 때문이다. 거기에 그녀의 하시시에 대한 무한한 편견과 핀잔까지 더하면 일을 그르칠 것 같았다. 대신, 살리나스의 가슴에 뭄의 총알을 꽂아줄 것을 약속했다. 일이 끝나면 멀리, 아주 멀리 떠나자고 했다. 파타고니아로 갈까? 하니까, 세상 끝까지라도 가자 했다.

28
마지막 조명

서울올림픽 개막 이틀 뒤, 멕시코 지진이 있은 지 만 3년
이 되던 날, 그녀, 내 품에 안겼다. 아주 작은 목소리로 "Te
quiero……"라고 했다. 답하지 않았다. Querer 동사에는 사랑
한다는 뜻도 있지만 좋아한다는 뜻도 있어, 후자로 해석하고
싶었기 때문이다.

영화촬영장 세트를 방불케 했다. 지진에 무너졌던 건물들 속
휘어진 철근이 파열된 내장처럼 드러나 있었다. 산드라가 묵었
던 레히스 호텔은 흔적도 없이 사라지고, 그 자리에 파르케 레
히스란 이름의 공원이 들어섰다.

가게 쇼윈도에 전시된 TV에서 올림픽 경기가 중계되고 있었
다. 잠실경기장이 보였다. 난 대체 여기서 무슨 짓을 하고 있는

가, 내 조국은 저긴데…….

자리를 잡았다. 거의 무너질 듯한 8층 건물의 7층이었다. 증권회사 사옥이었는지, 전구가 반 이상 깨진 시세전광판 아래에 빛바랜 파장전지들이 널브러져 있었다. 암고양이 한 마리가 새끼 몇 마리와 함께 비둘기 똥이 괴락된, 해진 소파 위에서 날 꼬려봤다. 벽에는 3년 전 포스터 속 아가씨가 누렇게 된 이빨로 히죽거렸다.

총을 창틀 위에 올려놓고 보니, 예상각이 150도쯤 나왔다. 연단이 틀어질 것을 감안하더라도, 120도는 확보될 것 같았다. 그 정도면 옵티마였다. 평형시야라서 스탠딩이나 바인딩을 할 필요도 없었다. 옆에 있는 책상 하나를 갖다 붙이니, 내가 좋아하는 엎드려쏴도 할 수 있을 듯했다.

마지막이라 생각하니 긴장이 됐다. '발포 후 30초 안으로 나가고, 여의치 않을 땐 총을 버린다. 뛰쳐나갈 방향은 레포르마가 아닌 인수르헨테 노르테. 발포 후 3분 안으로 500미터 밖으로 빠져나간다.' 수칙을 몇 번이고 외었다.

손이 축축했다. 하시시를 꺼내 불을 댕겼다. 테킬라병을 총알 세 발과 함께 창틀에 올려놓았다. 원샷원킬이건만, 마지막이라 생각하니 욕심이 났다. 총알을 만지작거리니 도돌도돌한 'MUM' 자가 읽혀졌다. 술병에서 햇살이 튕겨 나왔다.

스코프 상으로는 조용했지만 창밖 풍광에는 변화가 있었다.

연단에 마이크가 설치되었고, 확성기를 시험하는지 삐이익, 소리가 들렸다.

얼마나 지났을까. 하시시에 취해 시간 감각이 없어졌다. 테킬라는 독했다. 작은 병이었건만 단숨에 비웠더니 어지러웠다. 하시시를 물었다. 몇 모금 빨다가, 별생각 없이 스코프를 들여다보니 연단 주위에 경찰들이 깔려 있었다. 사이사이로 목표가 보였다. 콧수염에 대머리, 차기 대통령후보 살리나스였다. 흰색양복에 까만 넥타이, 옷차림 또한 전형적이었다.

총을 오른쪽 창틀로 살짝 옮긴 뒤, 다시 스코프를 들여다봤다. 목표는 연속극의 마지막 장면처럼 미동도 보이지 않았다. 접안고무에 눈을 붙였다. 목표가 크로스에 잡혔다. 시야 또한 불만이 없었다.

목표의 심장에다 크로스를 맞추고 확대에 들어갔다. 심장부분이 90퍼센트 이상 잡히고…… 하시시를 빤 뒤, 오른쪽 새끼손가락을 당겼다.

"쾅!"

고양이들이 뛰쳐나가고, 언제 비둘기들이 들어왔는지 미친듯 날갯짓을 했다. 오, 맞았다…… 신이여, 맞았습니다!

목표는 연단 뒤로 나동그라졌다. 쓰러진 목표를 확인하기 위해 스코프를 숙였다. 고꾸라진 목표가 다시 잡혔다. 근데 이건또 뭔가. 놈이 다시 일어나다니!

스코프에 또 하나의 목표가 어른거렸다. 속았다! 방탄복을 착용한 변장 경호원들이었다.

손이 떨려 총 끝이 흔들렸다. 하시시, 하시시 어디 있어! 더듬더듬 창틀을 훑으니 꽁초가 잡혔다. 불을 붙인 뒤 빨아 당겼다. 팔딱이는 손가락으로 다시 한 발을 장전했다. 아, 근데 이건 또 뭔가. 크로스에 잡힌 건 날 겨누고 있는 저쪽의 저격수?

식은땀이 솟구쳤다. 방아쇠를 당기려는데 오, 하나님! 손가락에 힘이 없습니다…….

쾅! 어깻죽지에 한 방 맞았다. 총 맞은 기분, 하시시보다 더 짜릿했다. 이어 어디엔가 하나 더 꽂혔다. 어지러웠다. 하지만 기분은 좋았다. 하시시 때문? 아님, 테킬라 때문? 아님, 총알 때문? 비틀거리며 계단을 내려왔다.

거리는 여전했다. 차들은 포뮬러카인 양 달렸고, 사람들은 제 갈 길에 바빴다. 오로지 낯선 풍경은 내 몸뚱어리뿐이라는 듯, 한 행인이 크고 둥근 눈으로 다가왔다.

"오 하나님, 피 좀 봐!"

그래, 의지대로 되는 게 있더냐. 끝으로 내 목숨만은 의지대로 하마.

물고 있던 하시시를 삼킨 뒤, 주머니에서 그 옛날 산드라의 총 데린저를 꺼냈다. 멕시코 혁명의 상징, 레포르마대로에서 머리에 총구를 박곤 방아쇠를 당겼다.

총알이 날기 시작해 내 머리에 박히기까지……. 찰나에 가까울 것이건만, 나 살아온 31년보다 더 길게 느껴짐은…….

세상은 마지막 조명이 꺼져버린 무대처럼 어두웠다.

29
지상에서 영원으로

매스컴은 나이 50세 정도의 부랑자가 뭄이었다고 떠들었다. 내가 건물 밖으로 나온 뒤 한 걸인이 들어가 총이랑 가방을 들고나오다가, 현장에서 사살돼버린 것이다. 다들 국민적 영웅은 그렇게 죽어간 줄 안다. 하지만 얼마 뒤 또 다른 뉴스에선 현장에서 서른 발가량의 총알을 맞고 즉사해버린 여성 사파티스타가 뭄이었을지도 모른다고 했다.

셀레네는 왜 자신의 총알에다 S가 아닌 MUM을 새겼을까? 그녀에게 혹시 '여자 목숨으로 사는 남자' 이야기를 들려줬던가? 여인들이 죽어야 내가 살게 된다는……. 그 여인들, 진정으로 날 사랑해야만 한다는. 그 옛날 첼탈족 점쟁이 노파가 예언이랍시고 지껄였던 그 말. 그렇다면 K는? 날 진정 사랑했다면

237

죽었을 것이고, 그렇지 않다면 살아 있을 것이다. 아이로니컬한 딜레마다. 그녀, 진정으로 날 사랑했기를 바라면서도 사랑하지 않았기를 바라고 있으니……. 선택의 문제라면 난, 과연 무엇을 고를 것인가?

✿

레포르마 1672번지에 비석 하나가 선다. 멕시코의 민주화를 20년 앞당긴 뭄을 추모하기 위해서다. 살리나스 데 고르타리는 1988년 12월 부정선거를 통해 제33대 멕시코 대통령이 되지만, 제도혁명당의 독재는 예전 같지가 않다. 미국과의 북미자유무역협정NAFTA을 반대하는 치아파스 원주민들은 '부패 위정자들의 가슴에 뭄의 총알'을 외치며 그들의 권익보호를 위해 폭동을 일으킨다. 그 중심에 서 있는 마르코스는 사파티스타 민족해방군EZLN을 결성해 멕시코 정부에 선전포고를 하기에 이른다. 그 외, 살리나스가 후계자로 지목한 도날도 콜로시오가 티후아나에서 저격당한다. 사람들은 그의 머리 우측과 하복부에 꽃힌 총알을 궁금해하지만, 거기엔 아무런 글씨도 새겨져 있지 않다.

2000년 12월, 대통령선거에서 치아파스 원주민 문제해결을 공약으로 들고나온 국민행동당의 비센테 폭스가 대통령이 된다. 그날, 레포르마는 또 한 번 뭄을 추모하는 군중들로 가득 매어지고, 그의 비석 주변에는 그날의 피 냄새 대신 꽃향기로 그윽해진다. 그리고 한두 가지 더, 나우칼판의 독방 친구 안헬 구스만은 사면으로 풀려난 뒤, 게레로 지방의 주지사가 된다. 페루로 건너간 목테수마 교수(한국 이름, 朴韓民)는 '우리는 인도 사람이 아닙니다. 한국인들처럼 몽고 사람입니다'라는 기치 아래, 뿌리 찾기 운동을 대대적으로 펼친 결과, 한국과 페루 간 FTA 체결에 결정적인 기여를 하게 된다.

뭄은 멕시코 국민영웅이다. 사파티스타 부사령관 마르코스는 팝스타 마돈나까지 열렬한 팬으로 두고 있다. 모두 인물이 된 것이다. 그렇다면 강경준은?

산타로사에서 얌생이 놈을 비롯해 세 명의 경찰이 셀레네가 쏜 총을 맞고 죽어버려, 특급살인죄의 공범으로 99년의 징역형을 선고받는다.

페드로가 대빵으로 있는 작업장에서 아무리 일을 해도, 내 형기는 줄어들 줄 모른다. 신검장 의사, 에마누엘 놈은 내 머리에 박힌 총알을 빼지 않으면 정신이상이 되거나 죽을 수 있다지만, 미친 건 내가 아니라 놈이다. 나에겐 그 총알이 영혼의 뿌리요, 사랑의 씨앗인 줄도 모르고. 하지만 감방 떠버리 보콘에게 내가 뭄이라고 떠들어댄 날부터는 미쳤다며 독방에 집어넣곤 한다.

멕시코 새 정부가 한멕 수교 50주년 기념특사로 내 석방을 고려 중이라지만, 글쎄 난, 이미 뭄, 아니 또 다른 페드로가 돼버린걸.

영靈의 개념을 최초로 고안한 마야인들은 죽음을 영에 이르는 것이라 생각한다. 영은 플러스와 마이너스의 연결점이니, 이승과 저승의 분기점이라는 것이다. 결과적으로 죽음은 영이 되는 것이고, 영은 이승과 저승을 연결하는 연장점이니, 인생은 그 영을 기다리는 즐거움만으로도 충분히 살 가치가 있다는 것이다.

이 땅 멕시코는 우리 친척들 땅. 내 머리에 박혀 있는 그 총알만 한 바오밥나무 씨앗을 그 옛날 찰리가 묵었던 호텔 같은 감방 앞. 그 작은 숲에다 심는다. 그 나무가 자라는 것을 바라보며 첼탈족의 치첸처럼 '죽음을 기다리는 즐거움'으로 또 하루를 보낼 것이다.

열대 아프리카의 나무가
온대의 내 가난한 정원에 뿌릴 내릴까 싶다가

신에 의해 최초로 만들어진 나무
수명이 오천 년이나 된다는 나무를 심는 일은
명주실 한 타래를 위해
끊어진 누에고치에 새삼 숨을 불어넣는 일과
깨져버린 꿈을 잇기 위해 삼가 눈을 감는 일
문드러져 사라져버린 지문을 다시 새기고
흐릿해진 손금에 새로이 먹을 먹이는 일

무엇보다 뵌 적 없는 조상에게
엄숙히 祭를 드리는 일과 흡사하다는 생각이
잠자는 이마에 듣는 빗방울처럼 뚝뚝, 떨어져
오늘 그 바오밥나무 씨앗을 묻기에 이른다

그 씨앗,
찬바람 불고 눈 내리면 동동 얼어붙겠지만
지구의 온난화로 여름이 한 만년쯤 될,
천년 그 어느 끝자락 즈음
미이라 내장 속 과일씨처럼 문득 싹을 틔워

다섯 장 흰 꽃잎 만국기처럼 흔들리고
죽은 쥐 모양의 열매 달랑, 고양이처럼 웃으면

가지보다 더 가지 닮은 나무의 뿌리는
지구별의 한복판을 뚫고 불쑥
반대편 이웃 정원의 나뭇가지로 솟아
남반구 북반구 대척점 사람들
모두 한나무에서 움튼 열매를 나누고
손자의 손자들은 집 한 채 크기 둥치에
대문보다 더 큰 구멍을 내
팔촌, 십이촌 한 나무 한 가족을 이룰 것이니

지난날, 강 저쪽을 망각해
도강의 꿈을 저버렸던 새 한 마리
뿌리보다 더 뿌리 같은 가지 위에 앉아
그 평화스러운 나눔을 지그시 바라볼 때

그즈음
이 정원엔 눈이 내려도 좋을 것이다
씨앗을 쥐고 있던 내 손바닥, 화석이 되어도 좋을 것이다 눈을 돌리니, 농구 골대의 낙서가 'X 같은 멕시코México vale verga'에서 '보석 같은 멕시코México vale joya'로 바뀌어 있다.

〈끝〉

작가의 말

스페인어로 먼저 썼었다. 2006년 가을, 멕시코 출판사 에온 Eón에서 낼 예정이었으나 여의치 못했다. 편집회의를 통과해 출판하기로 결정이 났건만, 막판에 출판사 대표의 반대로 무산됐다. 그 후 두서너 곳에 더 타진해보았으나, 다른 이유까지 붙어 결국 세상에 내놓지 못했다. 묵혀두기로 했는데, 저장해둔 노트북이 바이러스에 감염되는 바람에 파일마저 깨져버렸다. 복사해둔 외장메모리의 것도 마찬가지였다. 컴퓨터 복원 전문업체에 맡겨보았지만 복구는 불가능했다. 허탈했다. 그리고 몇 년이 흘렀다. 초심으로 돌아가 기억을 되살려 다시 써보기로 했다. 하지만 이번엔 우리말로.

2010년, 모 일간지에 주간 연재소설로 1년가량 연재했다. 그리고 또 몇 년이 흘렀다. 채호기 시인의 빙모상에서 소설가 이명행으로부터 새움출판사 이야기를 들었다. 불현듯 책을 내야겠다는 생각이 들었다. 원고를 보낸 지 닷새 만에 출판사 대표로부터 메시지가 왔다. '너무 재밌는 소설 저희에게 보내주셔서 감사합니다. 저희가 출판토록 해주십시오.' 만감이 교차했다. 10년 전 에온 출판사 대표 루벤이 했던 말이 생각났다. "솔직히 말하면 네 소설 좋더라. 그러나 문제는 독자와……" 말줄임표 다음의 낱말들은 생각나지 않는다. '그러나'에서 힘이 빠져버려 한쪽 귀로 흘려들었기 때문이다. 하지만 대충 이런 것이었음은 기억한다. 멕시코 및 중남미 정치사회를 지나치게 비판하는 내용 때문에 출판이 불가능했다는 것.

70~80년대, 중남미는 정치에 관한 한 암흑기였다. 아니, 한국을 포함해 제3세계 전체가 그랬을 것이다. 난 그 시기에 모종의 빚을 졌다. 조국의 민주주의를 위해 몸 바쳐 독재에 항거한 친구들이 옥고를 치르는 동안, 난, 중남미에서 팔자 좋게 지냈다. 그들 중 가장 기억에 남는 친구가 김부겸이다. 1980년 추석날이었다. 김대중 내란사건에 연루되어 몇백만 원 현상금이 붙은 그가 피신차 날 찾아왔다. 또 다른 친구 몇과 함께였다. 그 당시 본가는 목욕탕을 경영하고 있었으며, 추석날 오후부터 사

흘간 휴업 예정이었다. (그 시대 목욕탕은 통상 추석이나 설날 같은 큰 대목 뒤에는 내리 3일을 영업하지 않았다.) 모친 몰래, 송편을 비롯해 제사음식 몇 접시와 백화수복 대병을 들고 목욕탕으로 향했다. 친구를 피신시켜주기에 딱 좋은 곳이라 판단했기 때문이다. 그것도 여탕 탈의실. 이십대 중반의 사내들이 여체 내음이 진동하는 그곳에서 이틀을 보냈다. 와중에도 난, 남미의 팜파(Pampa, 대초원) 이야기를 했으며, 사법시험에 합격해 법무관이었던 허근녕은 탈의실에 붙은 상법 153조 귀중품 보관에 관한 안내문을 읽곤 대법원 판례를 논했다. 각자 전공에 걸맞은 주제 하나씩을 꺼냈던 것이다. 그즈음, 사회학을 전공했던 김부겸은 무슨 말을 했을까? 사회학도답게 현황에 맞는 이야기를 했다. 여탕 속이었으니, 여자 이야기. 그것도 섹스에 관한 것이었다. 남자의 긴 것, 큰 것보다 더 좋은 건 따뜻한 것이라 했다. 거기에다 굵다면 금상첨화라고 했다. 다음 날, 김부겸은 "굵고 따뜻하게 살자"라는 말을 남기곤 친구들 곁을 떠났다. 그리고 얼마 후 그는 붙잡혔고, 난, 멕시코행 비행기에 올랐다.

소설 한 편 썼다고 시대의 빚이 탕감되겠는가. 하지만 후련한 감은 있다.

친구의 말이 수시로 떠오른다. 주로 섹스할 때지만, 소설 『여자 목숨으로 사는 남자』를 쓰는 동안에도 그랬다.

2015년 6월

구광렬